Iris Muhl

Die Nacht der Vergessenen

www.fontis-verlag.com

Für Philippe

Iris Muhl

Die Nacht der Vergessenen

Eine bewegende wahre Weihnachtsgeschichte

fontis

Bibliografische Information der Deutschen Nationalbibliothek
Die Deutsche Nationalbibliothek verzeichnet diese Publikation in der Deutschen Nationalbibliografie; detaillierte bibliografische Daten sind im Internet über www.dnb.de abrufbar.

Umschlag: Spoon Design, Olaf Johannson, Langgöns
Foto Umschlag: Belozorova Elena, shutterstock.com
Fotos Klappen: S_Photo, shutterstock.com
Satz: InnoSet AG, Justin Messmer, Basel
Druck: Finidr
Gedruckt in der Tschechischen Republik

ISBN 978-3-03848-151-5

Inhalt

Vorwort

Dieses Werk entstand in Anlehnung an eine wahre Geschichte, die sich vor einigen Jahren in Zürich im *Kreis 4* ereignete, ebenso auf Recherchen in Berlin, wo die Autorin vor Jahren für ein ähnliches Buchprojekt Gespräche mit Frauen in der Prostitution führte. Aus Gründen des Persönlichkeitsschutzes sind die Figuren, ihre Namen und die Dialoge frei erfunden und Ausdruck der künstlerischen Freiheit der Autorin. Jede Ähnlichkeit mit real existierenden Personen, Einrichtungen und Orten ist rein zufällig und keine Absicht.

Ein besonderer Dank gilt dem *Team Rahab* in Zürich und der Organisation *Alabaster Jar* in Berlin für ihre Offenheit und für ihren Mut, den Kampf für Frauen in der Prostitution nicht aufzugeben.

Well, there ain't no goin' back
when your foot of pride come down
Ain't no goin' back

Bob Dylan

Kapitel 1

Schwarze Tauben

Nicole legt die Handschuhe auf dem Bett zurecht, die Pomade für die Lippen, die kleinen Gummibärchen, mit denen sie nachts in der Kälte die Müdigkeit zu überwinden sucht, eine Flasche Wasser für Patrick, Verhütungsmittel für die Frauen, ein Meer an Broschüren und viele erlesene Dinge.

Sie fährt sich langsam über die Handgelenke. Wie schmal sie geworden sind in den letzten drei Jahren, in denen sie die Frauen der Straße besucht hat!

Leise Musik gelangt aus dem Wohnzimmer an ihr Ohr, hinter das sie nun mit der linken Hand ihr braunes, frisch geschnittenes Haar streicht. Sie trägt es halblang und reckt den Kopf stets etwas vor, wenn sie mit jemandem spricht, als hätte sie ein schwaches Gehör.

Sie blickt in ihren großen schwarzen Korb, in dem alles wohlgeordnet bereitliegt. Dabei sagt sie sich, das ist nun vielleicht das letzte Mal, dass ich den Korb gefüllt habe, und unterdrückt dabei ihr großes Bedauern.

Langsam geht sie durchs Zimmer und sucht ihren Hut. Er liegt auf der Kommode neben dem Schreibtisch, darüber hängen Fotos von ihrer Familie, von Vater und Mutter in einem Hotel in Italien, wahrscheinlich Mailand, die Schwester auf einer Harley-Davidson etwas blass, mit dunklen Brillengläsern und sehr ernst, dann Nicoles Hochzeitsfoto mit Markus. Sie trägt darauf ein ganz einfaches Samtkleid.

Obwohl Nicole sehr jung ist, gleicht ihr Gang heute Abend dem einer alten Frau, die unschlüssig nach etwas Ausschau hält. Nur zögerlich greift sie nach ihrem Hut und setzt ihn auf.

Jetzt ist sie bereit für die Nacht in der roten Meile.

Sie ist die erste Frau im *Rahab-Team,* die keinen karitativen Beruf erlernt hat. Weder ist sie Krankenschwester, noch Seelsorgerin, auch keine Sozialarbeiterin. Dennoch führt sie das kleine Rahab-Team mit Besonnenheit und Taktgefühl. Manche würden sie bis anhin sogar als großzügig und kulant beschreiben.

Die Frauen schätzen Nicole – alle nennen sie liebevoll «Niki», seit sie vor drei Jahren das erste Mal in den Bars und Salons auftauchte.

Niki erinnert sich sehr genau an die ersten Abende in der roten Meile. Sie schob sich anfangs erst zögerlich, dann immer forscher durch die dunklen Gassen, an den Menschen vorbei, an Männern, Frauen und Schaulustigen, unerschütterlich, als würde nicht sie ein Ziel verfolgen, sondern jemand verfolge sie.

Nikis Stimme ist stets behutsam, und gleichzeitig sehr direkt, wenn sie mit den Frauen spricht. Manchmal wartet sie lange und überlegt, tritt dann aber doch forsch an sie heran, als habe sie keine Zeit zu verlieren, als wolle sie nicht nur Frauen besuchen, sondern gleichzeitig auch ihr Leben ordnen und vielleicht sogar retten.

Doch das macht den Frauen nichts aus, denn sie mögen Nikis Lachen und ihre warme, manchmal vom vielen Reden heiser gewordene Stimme. Es ist, als stecke ein besonderer Zauber in ihrem Auftreten.

Auch die Freier und Zuhälter bemerken Niki, sie gehen einen Schritt zur Seite, wenn sie mit ihrer Kollegin im Flur oder auf der Treppe eines Salons erscheint, grüßen freundlich und mit gesenktem Kopf, als wollten sie nicht erkannt werden, oder als plage sie ein schlechtes Gewissen.

Es ist drei Minuten nach einundzwanzig Uhr. In Nikis Zimmer brennt nur eine kleine Kerze, sie flackert und tanzt, als sie den Mantel rasch um die Schultern wirft. Sie streift die Handschuhe über ihre langen Finger und geht mit dem vollen Korb durch die Wohnung zur Eingangstür.

Markus fängt sie ab, stellt sich ihr in den Weg mit einer Schüssel Maissalat, den er in der Küche für ein spätes Abendessen vorbereitet hat. Er ist jung, und seine blauen Augen glänzen. Doch jetzt erkennt er in der Dunkelheit ihre Aufmachung, und plötzlich baut sich eine unsichtbare Wand zwischen ihnen auf.

Niki spürt sie und fällt ein klein wenig in sich zusammen, sie schluckt. «Es geht nicht anders, Markus», sagt sie, und ihre Stimme kratzt im Hals, sie schnappt nach Luft, sie weiß nicht, wie sie sich noch weiter erklären soll. Es gibt keine Ausreden, denkt sie, ich habe keine. Nein, es ist, wie es ist. Ich muss jetzt zur roten Meile gehen.

«Wenn du jetzt gehst, bin ich morgen vielleicht nicht mehr da, Nicole», sagt Markus kühl.

Niki wird schwindlig, sie lehnt sich gegen die Tür, sie fürchtet sich vor Szenen wie dieser.

«Ich habe gestern auch noch Anna gefragt. Ich habe

alle Freiwilligen angerufen, niemand wollte an diesem Abend arbeiten! Sie haben alle Familie. Soll ich die Frauen denn einfach alleine lassen?», verkündet Niki enttäuscht, und sie spürt ihren Puls im Hals. In ihrem Kopf dreht sich alles, sie weiß nicht mehr, ob sie nun hinausgehen oder bleiben soll. Was, wenn sich heute …

«Wenn sich heute eine Frau für einen Ausstieg entscheidet, was ist dann?», sagt sie mit klarer Stimme zu ihrem Mann, obwohl ihr elend zumute ist.

«Hör auf zu träumen! Was willst du eigentlich? Wovor willst du diese Frauen bewahren? Ich bin auch deine Familie! Mich aber lässt du an Heiligabend allein?», sagt Markus und starrt sie enttäuscht, aber dennoch erwartungsvoll an.

Sie nickt dreimal, als stimme sie ihm zu, erwidert dann lautlos: «Es tut mir leid, Markus», und drückt die Türfalle. Sie öffnet die Tür, und mit gesenktem Blick schlüpft sie eilig hinaus.

Markus will etwas sagen, seine bitteren Worte bleiben ihm jedoch im Halse stecken, und deshalb hebt er wütend die Stimme und ruft: «Wenn du dir den Hut so ins Gesicht ziehst, siehst du aus wie eine Polizistin!»

Niki lächelt ein wenig, gerade weil sie die Unzufriedenheit und die Ironie in seinen Worten spürt. Markus, sagt sie zu sich selbst, in meinem Herzen erkenne ich, dass ich den richtigen Weg gehe. Mach dir keine Sorgen, Markus, ich habe es gut auf der Straße, bei den Frauen. Sie brauchen mich, sie haben mich gern.

Er geht ihr nach, folgt ihr bis zum Treppenabsatz und bleibt dann traurig stehen, die Schüssel mit dem festlichen Salat unter seinen Arm geklemmt.

Ja, du bist Familie, denkt sie, ich liebe dich, aber das hier ist wichtiger.

«Nicole!», ruft er ihr nach, «meinst du wirklich, du musst die Sorgen dieser Frauen auf deinen Schultern tragen? Meinst du, die ganze Welt retten zu müssen?»

Niki kehrt nochmals zurück, ganz sachte bleibt sie vor ihm stehen und sieht ihn schweigend an. «Auch nur *ein* Leben ist eine Welt», will sie sagen, aber sie bringt kein Wort heraus.

Ohne Kuss geht sie von ihm weg, stürmt die Treppe hinunter, keinen Blick wirft sie zurück.

Die Nacht ist beinahe schwarz, nur ihre Schritte sind zu hören. Sparsam wirft sich ein Laternenschimmer auf den nassen Asphalt. Sie steigt in den geheizten, aber beinahe leeren Bus und betrachtet die Häuser. Eine alte Frau blickt sie neugierig an, nickt ihr freundlich zu.

Niki sieht aus dem Fenster, sie erkennt darin ihren Hut im Gesicht, schiebt ihn sich mit dem Zeigefinger in den Nacken.

Hinter den leuchtenden Fenstern der Häuserfassade öffnen sich Familiengeschichten: gedeckte Tische, aufflackernde Kerzen. Bald würden die Menschen nach der Feier zu Bett gehen, die Stadt würde in Schlaf versinken, und nur ein paar Seelen würden noch durch die Stadt wandern, während ein kalter Wind um die Häuser geht und die alten Stadtbäume schüttelt.

Wie sich die Häuser aneinanderreihen! Wie Soldaten …, denkt Niki.

Sie geht nach vorn, steigt aus dem Bus und wünscht dem Fahrer fröhliche Weihnachten.

Sie kommt an einer Wohnung vorbei, darin sitzt eine schwarze Gestalt vor dem flimmernden Fernseher. Das blaue Blitzgewitter an den Wänden strahlt Leere aus, findet Niki. Gibt es überhaupt ein Mittel gegen Einsamkeit?, fragt sie sich beim Durchqueren der Langstraße. Oder trifft das Alleinsein jeden von uns einmal im Leben? Vielleicht ist Alleinsein eine Entdeckungsreise zu sich selbst; ist das wirklich Gottes Absicht?

Es beginnt zu schneien. Dicke Flocken fallen auf ihren Hut und auf die Schultern, versinken darin. Die

Luft hingegen ist leicht und kühl, sie fühlt sich gut an auf der Haut, trotzdem will Niki schnell ins Trockene gelangen. Hoffentlich ist Heidi nicht so früh dran, denkt sie. Ständig bringt sie mich in Schwierigkeiten mit ihrer Pünktlichkeit.

Niki öffnet eine alte Tür und steigt die schmale Treppe hoch.

Jetzt blickt sie auf ihre kleine, teure Uhr, die sie von Markus zum ersten Hochzeitstag erhalten hat: kobaltblaues Zifferblatt, braunes Armband, eine einfache, aber elegante Ausgabe einer Damenuhr.

Schnell nimmt sie die Stufen.

Eine.

Zwei.

Sie stolpert.

Auch ihre Hochzeit hatten sie damals vor vier Jahren bewusst sehr einfach gehalten. Beide wollten weder Schnickschnack noch Geschenke. Sie hatten in Zürich standesamtlich geheiratet und nur die Trauzeugen und die Eltern eingeladen.

Niki und Markus waren damals noch im Studium, und sie konnten sich kein großes Fest leisten, obwohl ihre Eltern die Bezahlung angeboten hatten. Aber Niki verabscheute den Reichtum ihrer Eltern, sie wollte ihr Leben selbst in die Hand nehmen, auch die Hochzeit selber finanzieren.

Während des Studiums hatte sie sich einer linken politischen Gruppierung angeschlossen, demonstrierte gegen Kapitalismus und für höhere Steuern für Reiche.

Überhaupt war Geld für Niki ein eher unwichtiges Übel geworden, deshalb zog sie auch, als sie mit dem Studium der Politikwissenschaften begann, von zu Hause aus und in eine Studenten-WG. Nur die kleinen monatlichen Unterstützungsbeiträge des Vaters akzeptierte sie noch, aber auch nur, um sein Gewissen zu beruhigen und damit auch ihres.

Sie lernte schnell, in der politischen Aktivistenszene der Uni mitzureden, wollte sich für eine gerechtere Welt einsetzen. Für dieses Ziel demonstrierte sie oftmals wütend auf den Straßen. Bis sie eines Tages während eines Protestmarsches beinahe die Nerven verloren hätte.

Sie griff damals gerade nach einem Stein, den sie gegen ein Bankgebäude schmettern wollte. Da ging eine Mutter mit ihren drei Kindern an der Fassade vorbei, in einfacher, fast schäbiger Kleidung und mit einem zusammengeflickten Kinderwagen. Sie schien auf dem

Gehsteig einen Zufluchtsort zu suchen vor der wütenden, pulsierenden Menge auf der Straße.

Da ließ Niki ihre Faust sinken, der Stein kugelte aus ihrer Hand auf die Straße. Sie wusste, dass das Wurfgeschoss beinahe die Familie getroffen hätte.

Was tue ich hier eigentlich?, fragte sich Niki damals erschrocken und enttäuscht und verließ nachdenklich die Demonstration, nahm den Zug Richtung Süden und blieb drei Tage in einer Jugendherberge in den Bündner Bergen.

Nur langsam besann sie sich. Das Bild dieser ärmlich gekleideten Frau mit den drei Kindern ging ihr nicht mehr aus dem Kopf. Ich hätte sie schwer am Kopf verletzen können, dachte Niki, als sie gerade über eine Bergkuppe wanderte, die sie noch nie gesehen hatte. Was will ich eigentlich?, fragte sie sich ernsthaft. Mit Gewalt das Gute erzwingen?

Die Uhr tickt leise im Rhythmus der Schritte. In einer halben Stunde wird sie mit Heidi bereits die rote Meile entlanggehen, Salons besuchen, bekannte Gesichter entdecken, die Fühler ausfahren, auf unbekannte Frauen zugehen, die neu sind auf dem Strich in Zürich. Aber erstmal ein Gebet in ihrem kleinen Büro mit Heidi, zur Ruhe kommen und aufhorchen.

Jetzt öffnet Niki die Tür und steht vor Heidi. Diese lächelt sie breit an, umarmt sie.

«Endlich! Ich dachte schon, du bist von einem Bus überfahren worden», sagt Heidi, lacht und packt weiter Dinge in ihren Korb.

Heidi ist eine Dame in den Fünfzigern, graues kurzes Haar, kräftiges Lachen, stämmige Beine. Sonderbar wirft sie ihren Kopf zurück, als müsste sie das lange volle Haar über die Schultern werfen, das sie vor vielen Jahren abgeschnitten hat.

Es duftet nach frischem Kuchen, und der Raum ist wie ein Krämerladen mit kleinen Requisiten gefüllt: Frauen-Hygieneartikel wie Haarshampoo, Handcreme und Körperlotion in Probiergröße, dazu Watte, Nagellack in allen Farben, Nagelfeilen und so weiter.

«Ich hatte eine Auseinandersetzung mit Markus. Er ließ mich heute nicht gerne gehen», sagt Niki und bedauert im gleichen Augenblick bereits ihre Offenheit. Sie will den Abend nicht damit verbringen, über ihre Ehe zu sprechen; es würde sie nur bei der Arbeit behindern.

Niki ist sich sicher, dass Heidi zwischen den Besuchen bei den verschiedenen Frauen immer wieder davon anfangen würde. Das wäre weder hilfreich noch angenehm, wo sie den Frauen doch Gutes tun will an diesem Abend.

«Warum sagst du ihm nicht einfach, dass unser Einsatz heute Abend besonders wichtig ist? An Weihnachten sind viele Frauen sehr einsam. Und wer weiß, vielleicht haben wir sogar eine Frau, die aussteigen will, Niki», sagt Heidi und legt ihr die Hand auf die Schulter.

Heidi ist im Team bekannt dafür, Dinge direkt anzusprechen, das Herz auf der Zunge zu tragen, was auch immer mal unreife Gedanken zutage befördert und im Team leicht zu Auseinandersetzungen führt. Niki fürchtet sich manchmal vor den Einsätzen mit Heidi. Weil sie sprunghaft ist und vor den Frauen, die sie besuchen, mit ihrem Enthusiasmus Probleme direkt beim Namen nennt, ja, sogar die Freier anspricht, sie auf diese Weise dann beschämt und verjagt.

Wenn jemand sie fragte, würde Niki dieses Verhalten Unreife nennen, denn sie selbst ist in der Regel verschwiegen, nachdenklich und vorsichtig mit ihren Worten. Manchmal überlegt sie sich zweimal, was sie zu einer Prostituierten sagen will, damit das Gespräch auch gelingt, beispielsweise durch einen würdevollen Einstieg, damit gegenseitiges Vertrauen wachsen kann.

«Markus versteht mich nicht, ich weiß nicht mehr, was ich ihm noch sagen soll. Immer fühlt er sich vernachlässigt. Du kennst doch seine Geschichte, Heidi. Ich kann ihn nicht ändern. Die Zeit muss das tun. Nicht ich», sagt sie traurig, und Heidi nickt.

Sie schweigen eine Weile, packen Geschenke in den Korb, Handpflege und Gesichtspflege in rotem und transparentem Weihnachtspapier. Es knistert. Sorgfältig fahren sie mit den Fingern über die grünen Schleifen, sprechen über den Abend, die Absichten, ihre Wünsche für Weihnachten, ihren Weg, den sie heute Abend im Schneegestöber, in der kalten Nacht, einschlagen wollen. Dann wird es wieder still im Raum.

«Was sollen denn die Frauen mit dieser Sportunterwäsche?», fragt Niki unvermittelt. Sie hält die dicken Textilien unter die surrende Glühbirne und schüttelt den Kopf.

«Wir können sie ja den Freiern schenken», sagt Heidi und wirft sie zurück in den Karton.

Vor einigen Tagen hat ein bekanntes Schweizer Unternehmen sie geschickt. Bei solchen Spenden handelt es sich meistens um unmodische Ausschussware, aber immerhin ist sie einzeln verpackt in einem blauen glatten Karton.

Der Raum ist voll von Dingen, die die Frauen auf der Straße vielleicht irgendwann brauchen könnten. Seifen, Handschuhe, Seidenstrümpfe, Taschentücher, Nagellack – und seit November gelangen dazu auch immer mehr Weihnachtsgeschenke in den Raum. Manche Dinge sind schön, andere haben keinen besonderen Wert.

Heidi dreht die Sachen in ihren Händen, lacht schon wieder. «Ein Nikolaus aus Watte!», ruft sie.

Alles, was Heidi begegnet, belächelt sie erst mal komplizenhaft – ob es merkwürdige Kosmetikprodukte sind oder die schlechte Laune einer Prostituierten.

Sie ist die Frohnatur in der kleinen Gruppe Helferinnen und lacht seit Jahren alles in die Flucht. Doch bei ernsthaften Konflikten mit Zuhältern weicht sie eilig zurück, stellt sich etwas verschüchtert hinter Niki, jedes Mal ein nervenaufreibendes Prozedere.

Die beiden unterscheiden sich fast in allen Belangen. Heidi ist der Klebstoff, der die Kontakte und Beziehungen zusammenhält, sie unterbricht alle mitten im Satz, unüberlegt und intuitiv. Niki jedoch analysiert, interpretiert und versucht die Umstände, in denen sich die Frauen bewegen, mit scharfer Beobachtungsgabe zu durchschauen. Mittlerweile muss sie sich aber eingestehen, dass sie oftmals an ihren eigenen

Vorurteilen und ihrem gefährlichen Eifer, die Frauen unbedingt aus der Situation retten zu wollen, gestrauchelt ist.

Sachte faltet Heidi die Hände, macht sich zum Gebet bereit. Sie weiß, dass diese Nacht schwierig werden wird, denn an Heiligabend sind die Menschen besonders empfindsam in der roten Meile. Es ist dann, als sei alles verwickelt: Hoffnung und Verzweiflung, Freude und Enttäuschung, Glück und Tragik sind nah beieinander, übereinander, ineinander.

«Die Erwartungen an Weihnachten sind derart hoch, dass wir alle daran nur scheitern können», sagt Heidi im Gebet. «Schenke uns deswegen heute Abend die richtigen Worte im dazugehörigen Augenblick.»

In ihrem Bauch spürt Niki die Anspannung. Sie nimmt sich zusammen. Jetzt sitzt ein Knoten unter dem Brustbein, sie findet keine Worte, beginnt zu stottern, hält ein, fragt Gott im Stillen: Du weißt doch, dass ich seit Monaten nichts mehr bewegen konnte, Herr. Und nun mache ich mich hier heute Abend nur lächerlich. Willst du das wirklich?

Niki ringt mit sich.

«Kannst du mich nicht ermutigen, Gott?», sagt sie nun laut. «Versteh doch, du sagst: ‹Bittet, und euch wird gegeben›, aber seit Monaten habe ich keine Antwort bekommen, nicht mal ein kleines Zeichen von dir. So kann ich nicht weitermachen, so geht es nicht mehr!»

In stillem Einverständnis schweigen sie, riechen den Duft der Shampoos, der neuen Unterwäsche, der weißen Seifenpackungen, den dumpfen Geruch von Kartons, die sich neben ihnen stapeln.

Der Raum senkt sich über sie.

Es ist nicht meine Absicht, denkt sie angestrengt, dich anzugreifen, aber sieh doch, es macht keinen Sinn mehr. Keine dieser Frauen will von da weg, ich habe *alles* versucht, einfach alles.

Für einen Moment steht Niki unsicher da, beugt sich vornüber, der Kopf hängt schwer, sie kippt, hält sich an den Kartonschachteln fest.

Jetzt lässt ihre Konzentration nach, und die Stille im Raum wird unerträglich.

«Amen», sagt Heidi intuitiv, wie aus der Hüfte geschossen zwischen Einkehr und Aufmerksamkeit.

Sie will keine Minute an den Zweifel verlieren. Er ist nicht bestrebt, ihnen jetzt zu helfen. Er schadet nur ihrem Unternehmen – beziehungsweise dem, was einmal Ziel und Absicht ihrer Mission war.

Der Duft von frischem Schnee begleitet sie auf der roten Meile, vermischt mit dem Geruch von gebratenem Fleisch und Kartoffeln. Es ist eine kleine, schmale Querstraße abseits der Langstraße.

Während sie behutsam schlendern, sortiert Niki in der knappen Dunkelheit die wenigen Figuren, die sich auf der Straße bewegen. Die Fenster leuchten rot und orange, manche gelb, und dazwischen schwarze Säulen, die Fassaden. Vor den Häusern wirkt die Straße dunkelblau, und sie schluckt das beschaulich leise Straßenlicht. Die Menschen schimmern darin wie Blumen am Wegrand: rot und blau, weiß und grün, vornübergebeugt oder aufrecht. Sie harren stumm.

Diese Erwartungen, denkt sie.

Heidi hat Recht, die letzten zwei Weihnachtsabende verliefen unruhig, daran erinnert Niki sich gut.

Vor zwei Jahren trösteten sie eine Prostituierte, die von drei jungen Männern angepöbelt worden war. Alle verschwanden eilig, weil sie in ihnen Polizistinnen vermuteten.

Später halfen sie einem Fahrradfahrer, der auf der vom Schnee seifig gewordenen Straße gestürzt war.

Und dann, gegen Morgen, schlichteten sie einen Streit in einem Salon. Es waren schlecht gelüftete, schmutzige Räume gewesen, die in keiner Weise einem Menschen gerecht wurden. Zwei Frauen stritten sich um ein schönes Zimmer, das frei geworden war.

Niki musste dazwischengehen. Aus einem Impuls heraus hatte sie gehofft, helfen zu können. Sie erinnert sich daran, wie die Frauen aufeinander einprügelten, sie rissen sich an den Haaren und schlugen einander ins Gesicht.

Sie wollte die Frauen auseinanderbringen, doch diese fühlten sich durch Nikis Anwesenheit in ihrem Recht bestärkt, und jede versuchte, sie auf ihre jeweilige Seite zu ziehen.

Ich mache meist alles nur noch schlimmer, denkt jetzt Niki mit großem Bedauern. Manchmal muss man den Dingen ihren Lauf lassen, man kann sich nicht überall in den Vordergrund drängen, alles entlarven und richtigstellen. Die Dinge richten sich selbst ein … in vielerlei Hinsicht, sagt sie sich mit einem Anflug von Bitterkeit.

Ihre Nase fühlt sich kalt an. Ein Schneekristall fällt ihr ins Auge. Sie verzieht das Gesicht.

Das alles läuft nicht gut, denkt sie.

Am liebsten möchte sie wieder umkehren. Sie muss an Markus denken, macht sich Vorwürfe.

Ausgerechnet am Weihnachtsabend lasse ich ihn alleine, überlegt sie.

An die erste Begegnung mit ihm in den Bergen erinnert sie sich sehr genau. Die hatte sich wie eine Szene aus einem Filmdrehbuch abgespielt.

Niki war auf dem Abstieg vom Valbellahorn in Arosa gewesen, während er sich mit einem Freund viel zu spät an den Aufstieg machte. Keuchend saß er am Wegrand der steilen Bergtreppe neben dem Wasserfall und blickte nach oben. Eine Frau kam hüpfend den schmalen Weg hinab, und Markus sah, wie sie trotz schwerer Bergschuhe achtsam die Stufen meisterte.

Ihre Bedachtsamkeit und ihre helle, warnende Stimme, die sie direkt an ihn richtete, hatten ihn ermutigt, sich ihr später im Dorf zu nähern. Damals, im Berg, hatte sie ihn gewarnt, nicht zu spät in die Felsen des Valbellahorns hinaufzusteigen. Nebel oder gar Regen könnten ihn und seinen Freund einholen und den abendlichen Abstieg erschweren.

Markus hatte es geliebt, wie sie über das Wetter redete. Schließlich versprach er ihr, nicht im Dunkeln zurückzukehren. Nicht wie eine Unterländerin hatte sie gesprochen, sondern wie eine Frau aus den Bergen, ohne Angst vor Kälte und Nässe, aber die Gefahren der natürlichen Auswirkungen durchaus im Bewusstsein.

Es dauerte nur zwei Tage, bis er sie wieder traf. Diesmal im Dorf, sorgfältig gekleidet, in dunklen Brauntönen mit einem schwarzen Schal. Markus erkannte schnell, dass Nikis Achtsamkeit den Lebewesen, Anschauungen und den Dingen gegenüber nicht kleinmütig oder feige war, sondern im Gegenteil eine besondere Großzügigkeit ausstrahlte.

Und sie konnte ihm stundenlang zuhören, obwohl er schüchtern war und unzählige Male zögerlich redete, mit vielen Unterbrechungen und Pausen, manchmal mit einem Ansatz von Stottern. Die sonderbarsten Dinge aus seiner Kindheit erzählte er ihr, wobei sie nicht einmal mit der Wimper zuckte.

Nikis Familie hatte ihre Zuneigung für Markus nicht verstanden. Sie konnten sich keinen Grund zusammenreimen, weshalb sie ausgerechnet diesen merkwürdigen Typen heiratete. Dieser Markus ist ein äußerst wunderlicher Kerl, dachten alle. Auch nach Jahren hatten sie sich noch nicht daran gewöhnt, wie intensiv er um das Verstehen aller Zusammenhänge bemüht war. Er wollte alles irgendwie in Verbindung bringen, betrachten, sortieren, in Relation zueinander begreifen. Völlig unzusammenhängend sagte er oft in Gruppen und bei Familientreffen: «Das muss doch einen Grund haben, nichts kommt aus nichts!»

Das große Ganze war für ihn bereits als Kind ein Mysterium gewesen, das es unter allen Umständen zu erforschen galt. Seine Eltern hatten ihn jedoch oft allein gelassen, und Markus hatte kaum Freunde. Deshalb begann er mit einer Katze im Wald zu sprechen.

Das Tier saß auf einem seiner Bäume, und er suchte sein Zutrauen. Die Katze war schüchtern gewesen, aber Tiere fühlen sich schnell heimisch, wenn ihnen jemand ehrliche Zuneigung entgegenbringt, und so wurden sie Freunde. Von nun an besuchte er die Katze regelmäßig, bis er auf einen Igel traf.

Diesen Igel begann er zu füttern, weil er in einer Zeitung gelesen hatte, dass es immer weniger Igel in der Umgebung gäbe, Katzen sich in der Schweiz und in Deutschland aber vergnügt fortpflanzten. Auch mit dem Igel sprach er. Erstaunlicherweise mochte ihn dieser Igel, er freute sich jedes Mal, wenn Markus im Wald auftauchte. Dann kam das Stacheltier aus seinem Versteck hervor und lehnte seinen Kopf an Markus' offene Hand.

Für Markus war dieses Zutrauen eine absolut neue Erfahrung, die ihn selbstbewusster werden ließ.

Später, in der fünften Klasse, erfuhr er aus einem Buch seiner Schule, dass vertrauensvolle Annäherungen auch Liebe genannt wurden. Markus war sich sicher, dass die Katze und der Igel ihn liebten. Deshalb brachte er ihnen jeden Tag Katzenfutter, das sich die beiden versöhnlich teilten, bis die Katze eines Tages verschwand.

Markus lernte auf diese Weise zärtliches Sprechen und Fürsorge für ein Lebewesen, während seine Eltern einer schweren Arbeit nachgehen mussten – die sie eigentlich gar nicht mochten – und aus diesem Grund verlernt hatten, über ihre Sorgen zu sprechen.

Er fragte sich bald, was «Familie» eigentlich bedeutet, und schaute im alten roten Duden seines Vaters nach: «Aus einem Elternpaar und mindestens einem Kind bestehende Gemeinschaft.»

Markus erkannte, dass er mit seinen Eltern zwar eine Gemeinschaft bildete, ihn mit dem Igel aber etwas ganz Besonderes verband, weil er sich vor einem Besuch jedes Mal auf den Igel freute. Der Igel sah ihm bei jedem Treffen lange in die Augen, um danach um Markus' Füße zu kreisen. Und deshalb kam Markus der Winterschlaf seines kleinen Gefährten unendlich lange vor.

Wirres Schneegestöber hebt sich über die Straßen, der Wind atmet ein und aus und hinterlässt ein leises Pfeifen in unmittelbarer Nähe. Niki senkt den Kopf und steuert auf Elena zu.

Elena ist eine junge Frau aus Mazedonien. Niki sieht ihr die Kälte an. Sie tritt auf und ab, wippt mit dem ganzen Körper, schlägt die Arme um sich, als könnten sie ihr warm geben in dieser frostigen Nacht.

Seit eineinhalb Jahren arbeitet Elena hier. Sie ist ein großes, kantiges Wesen, mit braun gefärbtem Haar und silbernem Glitzer auf den Lidern ihrer Katzenaugen. Ihr Zuhälter ist nicht gut zu ihr, er nimmt ihr zu viel Geld ab, sie kann sich keinen Tag in der Woche ausruhen. Elena hasst die Straße, die hohen Absätze und die rauen Umgangsformen in der Schweiz. Alles ist zu teuer hier, sagt sie, sogar ein warmes Herz ist nicht umsonst.

Mit blitzenden Augen steht sie unter einer Straßenlaterne. Ihr langer Schatten liegt auf großen Schneespuren, sie hat Schuhgröße 43. Das, was sie trägt, ist warm: eine rote künstliche Pelzjacke und weiße Stiefel, die ein wenig glänzen.

Sie lächelt die beiden Frauen müde an. Obwohl sie alle überragt, verströmt Elena etwas Demütiges. Zögerlich beugt sie sich zu den beiden Frauen herab. Niki weiß, dass sie vor zwei Monaten, nach unzähligen Ohrfeigen ihres Zuhälters, einen Teil ihres Hörvermögens eingebüßt hat.

«Gesegnete Weihnachten», sagt sie und umarmt die Hünin, die ihre Hände ganz fest an ihren Rücken legt, so als sei mit der Nähe alles gesagt.

Elena seufzt fast schon ärgerlich, gibt ihren Gefühlen nach, beinahe verteidigend: «Meine Kinder rufen mich seit Tagen an, flehen mich an, nach Hause zu kommen. Aber ich habe kein Geld.»

Die beiden Frauen nicken. Sie unterlassen Worte des Mitleids, man entlarvt diese hier auf der Straße sogleich als lästig. Die Frauen hassen Mitleid, es ist wie eine heimtückische Krankheit, die man nicht mehr loswird und die einen langsam, aber beharrlich vernichtet.

Was mit den Söhnen sei, erkundigt sich Niki.

Sie sind bereits in der Schule, sie machen sich gut, besonders Mathematik mögen sie und Geografie, gibt Elena zur Antwort. Sogar die Primzahlen kennen sie schon, zählen am Telefon die Namen wichtiger Physiker aus dem 20. Jahrhundert auf und schicken die Namen von mazedonischen Flüssen in einer SMS: «Da sind der Vardar, die Brecalnica und die Crna», mit kristallklarem Wasser, wie Elena mit leuchtenden Augen anfügt.

Plötzlich ist sie aufgedreht, die Sätze kommen ihr leicht über die Lippen, sie sprüht vor Erzählfreude über ihr schönes Land, das frisch und saftig grün ist. Und dann dieses aufdringliche Gelb, das sich in Mazedonien elegant über die Erde zieht …

Doch von einem Moment auf den anderen wird sie übellaunig und distanziert. Ein Kunde nähert sich mit langsamem Schritt. «Wenn ich das nächste Mal zu Hause bin, dann gehen wir Boot fahren, die Kinder und ich!», ruft sie den Frauen hinterher, die sich eilig verabschieden und ihr ein kleines Geschenk in die Hand drücken.

Die Schneekristalle werden immer schwerer, sie segeln auf die Hüte, wo sie zerfallen, bis nur ein trostloser Tropfen übrigbleibt. Manchmal hört Niki das Rauschen eines Busses, leise Stimmen, die der Wind herüberträgt, ein angebrochenes, sogleich wieder verstummendes Lachen vielleicht.

Sie wäre jetzt gerne bei Markus. Sie würden zu Abend essen, spät, aber gut, ein Klavierkonzert von Bach hören, leise und lächelnd über Musik sprechen.

Sie möchte endlich ankommen in ihrer Ehe mit Markus, die vielen Auseinandersetzungen über ihre Zukunft klären und weitergehen. Viel würde sie dafür geben, endlich ein echter Teil von diesem Mann zu sein, den sie überaus liebt.

«Wir haben heute Glück», sagt Heidi. «Es ist ruhig.»

«Mal abwarten, was der Abend bringt», antwortet Niki misstrauisch.

Es ist still. Die Lichter flattern über dem Schnee.

Sie treten an Doris heran, die Zigarettenrauch inhaliert. Niki gibt ihr die Hand. Niemand kennt Doris richtig, manchmal verschwindet sie für ein paar Wochen, dann kehrt sie wieder zurück an ihren angestammten Platz vor dem alten baufälligen Haus, in dem viele Frauen eingemietet sind. Sie unterhält sich mit niemandem, scheint keinen Kontakt zu wollen. Alles, was Niki von ihr weiß, ist, dass sie stets hungrig ist, immerzu eine Zigarette in Händen hält und hin und wieder etwas verwahrlost wirkt.

«Wie geht es dir, Doris?», fragt sie, ohne eine Antwort zu erwarten, denn Doris versteht nur Russisch.

«Möchtest du Kuchen? Oder möchtest du ein Sandwich?», sagt Heidi mit gedämpfter Stimme, die sie am Ende leicht erhebt.

Schnell nimmt sich Doris ein Sandwich. Heute Abend ist sie schön. Sie trägt einen schwarzen langen Mantel, darunter rote Wäsche und ein golden glänzendes Oberteil.

Niki hebt den Blick und betrachtet sie. Selbstsicher und ruhig wirkt Doris, doch es scheint, als wäre sie mit den Gedanken ganz woanders. Als stünde sie in einer hermetisch abgeschlossenen Welt ohne Zugangsmöglichkeiten von außen. Eine Welt, die ihr auch selbst fremd zu sein scheint.

Doris gibt das Zeichen, geht einen Schritt rückwärts. Es bedeutet: Geht, verschwindet, ich werde beobachtet. Starr blickt sie auf ihr Handy, ihr Gesicht leuchtet weißlich-blau. Lasst mich in Ruhe, will sie damit sagen. Niki ist sich dessen sicher.

Da und dort bewegen sich Leute durch die Nacht, alle sehen in der Dunkelheit gleich aus. Niki spürt, dass etwas nicht stimmt. Es ist immer dasselbe. Mit großer Sicherheit stehen sie unter der Beobachtung des Zuhälters. Meist sitzt der Mann in einem Café gegenüber von ihrem Standplatz und trinkt heißen Kaffee, während die Prostituierte stundenlang in der Kälte steht.

Auch Niki und ihre Kolleginnen werden gelegentlich observiert von den unterschiedlichsten Leuten der Szene; Freiern, Zuhältern, Neugierigen, der Polizei, den Sexarbeiterinnen, den Puffmüttern. Als Angehörige der Heilsarmee lösen sie im Rotlicht-Milieu oft die bizarrsten Situationen aus.

Niki muss schmunzeln, wenn sie daran denkt, wie sie vor drei Monaten dem Mann mit dem Handtuch um die Hüften begegnet ist.

Sie stand auf dem Treppenabsatz. Er suchte die Dusche und stieß mit ihr zusammen. Höflich gab er ihr die Hand. «Guten Abend», sagte er etwas beschämt, aber höflich, den Kopf gesenkt und das kleine Frottiertuch krampfhaft haltend. Und dann fragte er überraschenderweise: «Können Sie mir vielleicht helfen? Mir wurde gekündigt, und ich suche eine neue Bleibe.»

Wie viele Männer in Unterhosen ihr in den letzten drei Jahren begegnet sind, kann Niki nicht mehr zählen, auch nicht die vielen Hilfegesuche, die sie von Leuten auf der Straße erhalten hat.

Im Gegensatz dazu führt Niki akribisch Buch über die Begegnungen mit den Damen auf der Straße, in den engen Salons, den lauten Clubs und in den winzig kleinen, aber völlig überteuerten Zimmern.

Auch diese Nacht wird wie alle anderen sein, denkt sie: Menschen in überhitzten Räumen, wo Männer und Frauen auseinanderstieben, sobald sie in ihrer Heilsarmee-Uniform eintreten, während ihnen edle, beißende und unergründliche Düfte entgegenschlagen.

Oftmals denken die Menschen, sie kämen von der Polizei, weil sie Uniform tragen. Diese verschafft Vorteile, aber auch einige Nachteile. Schon etliche Male kam es diesen Winter vor, dass sie zwischen draußen und drinnen fünfundvierzig Grad Temperatur-Unterschied aushalten mussten.

Heidi, die etwas rundlich geworden ist in den letzten Jahren, erträgt diese Wechsel nur schlecht. Ständig wischt sie sich die Stirn mit einem Taschentuch, entweder wegen des Schnees, oder dann – kaum im Haus angekommen – wegen der Hitze. «Ich fühle mich wie ein Dampfkochtopf», stöhnt sie, wenn sie in die Zimmer treten, sie öffnet ihren Mantel, jammert über die heiße Luft und klaubt erneut die Mantelknöpfe zu, kaum sind sie wieder auf der Straße angekommen.

Kopf an Kopf, vornübergebeugt, geht Niki mit Heidi voran. Der Schnee brennt in ihren Gesichtern. Als sie langsam das Kinn hebt, denkt sie an Doris.

Diese traurigen Frauenaugen, die stets nach Freiern Ausschau halten. Die nervös hin- und herspringen, wenn jemand auftaucht – egal, wer es ist. Diese Augen kann ich einfach nicht vergessen.

Auch Magda in der Nummer fünf hatte einen bekümmerten Blick. Magda mit der dicken, dunkelbraunen Haarkrause über der Stirn. Vor ungefähr zweieinhalb Jahren trafen sie sie in ihrem Zimmer an. Sie lag auf dem Doppelbett und starrte die Wand an, an der ein roter Wandteppich hing.

«Ich werde sie nie wiedersehen», sagte Magda zur Wand.

Und später, als sie ganz alleine mit Niki war, schüttete sie ihr das Herz aus. Sie hatte eine kleine Tochter mit Herzklappenfehler, die teure Medikamente benötigte.

Magda blieb nur drei Monate in Zürich, bis zu dem Tag, als Niki ihr beiläufig ein Ticket für den Rückflug aufs Bett legte. Lange hatte sie Niki und Heidi fragend angesehen. Es war in der Dunkelheit des Zimmers nicht auszumachen gewesen, ob Magdas Blick angesichts dieser eingeleiteten Entscheidung dankbar oder vorwurfsvoll war. Niki jedoch verspürte ein Gefühl der Freude, sie fand es wunderbar, Ketten mit einem Flugticket aufzusprengen, neue Wege für fremde Menschen einzuschlagen – insbesondere für Magda, die ihr Heimweh kaum aushielt.

Heute wundert sie sich darüber, wie kurzsichtig sie war in ihrer Entscheidung.

Mehr als ein Mal warf sie sich sogar vor, dass sie damals nur einen schnellen Erfolg verzeichnen wollte, während die Frau in die Ungewissheit ihres Heimatlandes zurückkehren und einen langen Rattenschwanz an Folgen ertragen musste.

Und es war nicht nur bei einer Frau geblieben. Sie hatte im Laufe der Zeit mehreren Prostituierten ein Ticket besorgt.

War es für jede Einzelne so wirklich besser? Niki weiß es nicht mit Bestimmtheit. Sie redet sich ein, es wäre in allen Fällen eine angemessene Lösung gewesen, aber diese Gedanken beruhigen sie nur ein kleines unbedeutendes bisschen.

Denn die Geschichte von Milena, die achtzehn Jahre lang in einem kleinen, lila getunkten und lauten Zimmer mit schwarzem Waschbecken an der Wand gearbeitet hatte, brachte Nikis Anschauungsweise mit einem Schlag ins Wanken.

Auch für Milena erwarb sie voller Eifer ein Flugticket, ein Ticket nach Hause. Sie hatte es ihr damals vor eineinhalb Jahren in ihrem Zimmer aufs Bett gelegt. Augenblicklich lehnte die Brasilianerin mit Stolz und Empörung ab.

«Ich träume seit Jahren von einer Rückkehr, was soll ich hier, hier kenne ich niemanden», sagte sie mit Stolz. «Aber das Geld, das ich meiner Familie jeden Monat zukommen lasse, ist für alle überlebenswichtig.» Dann schwieg sie eine Weile verbittert.

In Brasilien seien die Perspektiven für sie gleich null, fügte sie an. Sie habe keine Ausbildung absolviert, ihre Familie sei groß, und niemand habe Arbeit. «Sogar einen Sohn habe ich, der noch die Juristerei studieren will!»

Nikis Enttäuschung war damals groß, und sie begann, in den Dienstagnächten behutsamer und mit wacheren Augen durch die rote Meile zu gehen. Sie lauschte vermehrt zwischen den Zeilen, sprach weniger und versuchte bei den Frauen nicht den kleinsten Hinweis zu verpassen, der auf einen Ausstiegswunsch hindeuten könnte.

Es war anstrengend, und manches Mal fühlte sie sich ausgelaugt von all den Gefühlen: eine verschämte Anspannung, wenn Ungesagtes in der Luft hing, eilige Verwerfungen, wenn etwas falsch gedeutet wurde, ein unaufhörliches Auf und Ab von intuitiven Erfolgen und dumpfen Tiefschlägen.

Einmal, da saßen sie in einem Café an der Langstraße, einem Lokal mit roten Plüschkissen und fleckigen

Sitzbezügen. An den Wänden hingen Fotos von roten Rosen, und am Fenster klebten zerrissene Plakate von unbekannten Musikern.

Sie sprachen mit einer Prostituierten, einer Senegalesin, die über das Meer gereist war und den Schleppern, die das ermöglicht hatten, noch fünfzigtausend Franken schuldete.

Auf Französisch sprach Niki mit ihr, sie erzählte ihr von ihren Absichten, von Gott und ihrer Hoffnung, unverblümt und freudig. Später, es wurde bereits dunkel und die Frau aus Senegal wurde immer stiller, sagte Niki: «Wenn du willst, können wir dir helfen, wir können dich da rausholen, mit der Polizei sprechen. Alles wird gut, du wirst sehen.»

«Was erzählst du mir da?!», schrie die junge schöne Afrikanerin, die fröstelte. «Nichts holt mich hier wieder raus. Wer diesen Weg geht, wird darin sterben. Was weißt du schon vom Anfang und vom Ende des Lebens, was denkst du dir da aus? Was weißt du denn von mir und von meinem Leben? Wer bist du denn?!», schimpfte sie mit vorwurfsvoll heiserer Stimme, und ihre dunklen Augen blitzten. «Was willst du wirklich, *femme de l'Armée du Salut,* tust du das für mich, oder tust du es nur, um Gott zu gefallen?»

Beschämt schwieg Niki. Sie starrte aus dem Fenster auf die vom Regen glänzende Straße. Sie hatte sich die Frage noch nie gestellt, überlegte sich nun eine glaubwürdige Antwort. Aber die Senegalesin sprang auf und verließ fluchend das Café. Die Tür schlug laut zu, und Niki spürte eine tiefe Erschütterung.

Ihre Brust tat ihr weh, schon wieder eine Niederlage. Sie machte sich Vorwürfe, verachtete sich selbst für mangelnde Sensibilität, fehlende Schlagfertigkeit. Wie sollte sie so den Frauen helfen, wenn sie nicht einmal ihre eigenen Absichten formulieren konnte?

Dann begann sie innerlich zu schimpfen: Alles Leid kannst du dir nicht aufladen, beim besten Willen nicht, vergiss es, sagte sich Niki auf dem Heimweg immer wieder. Es wird dich lediglich zugrunde richten.

Die Monate vergingen, der Winter glitt an ihnen vorbei, der Kälte folgten Blüten des Frühlings und die Trockenheit des Sommers.

An einem Sommerabend berichtete Milena zwischen einem Wäschegang und dem Abendessen, sie sei gesundheitlich angeschlagen und könne nicht mehr lange weiterarbeiten. Sie wirkte niedergeschlagen und sehr traurig, und Niki wusste nicht, was sie sagen sollte. Sie gab Heidi in jenem Moment schnell ein Zeichen, das bedeutete: Sei bitte still.

Alle schwiegen, bis sich Milena aufraffte, wieder zu erzählen, in einem fort, ohne Luft zu holen: «Ich habe gestern meine Mutter angerufen und ihr alles erklärt. Jetzt weiß sie, dass ich hier auf dem Strich arbeite, bisher hatte ich es immer verschwiegen. Es war besser so, ich habe es geahnt, sie versteht es nicht, sie verachtet mich dafür.»

Milena legte den Kopf an das Türholz, ihre Augen hatten längst aufgehört zu leuchten, ihre Hände fanden keinen Ort der Ruhe, sie öffnete sie, hob sie an, ebenso die Schultern, als wollte sie sagen: Ich weiß nicht, was nun kommen wird.

Alles war still, sie rang um die Worte. Zitternd sagte sie: «Nach einem betroffenen Schweigen hat sie mich angeschrien, weshalb ich denn über Jahre diese Arbeit gemacht habe, und wieso jetzt plötzlich kein Geld mehr fließen soll. Sie hat gesagt: ‹Bestimmt hast du viel Geld gemacht mit dieser Drecksarbeit, und nur dein Egoismus treibt dich nun dazu, uns nichts mehr zukommen zu lassen. Wir wollen nichts mehr mit dir zu tun haben, Milena!› Und dann legte sie auf.»

An diesem Tag und in diesem Raum spürte Niki das

allererste Mal ein großes Unverständnis für all die Dinge, die ihr begegneten. Für die unglücklichen Familiengeschichten, den Menschenhandel, die Boshaftigkeit und Gier der Zuhälter. Eine abgrundtiefe Abscheu machte sich breit in ihrem Herzen, die alles in sich verschluckte, auch den letzten Tropfen Enthusiasmus für diese Arbeit.

Sie wusste jetzt, wo Milena besser aufgehoben war – bestimmt nicht zu Hause bei ihrer Familie in Brasilien! Und sie schämte sich für ihre Idee mit dem Flugticket. Bestimmt wären Milena zu Hause in Brasilien noch mehr Vorwürfe gegenübergestanden.

Niki betrauerte das schwere, beladene Leben von Milena in der roten Meile, das diese schon so viele Jahre lang ertragen musste.

Von diesem Augenblick an gab Niki ihren Zweifeln mehr Raum, viel mehr, als sie sich jemals zugetraut hätte, und es machte ihr überhaupt nichts aus, Gott irgendwie «untreu» zu werden.

In diesen bitteren Tagen begann sie verdrossen mit den Zuhältern zu sprechen, verscheuchte verunsicherte Freier, wenn sie in die Häuser trat, und schüchterte die Hausdamen mit Worten ein, über die sie sich selber wunderte, wenn sie an Türen klopfte und diese ihr geöffnet wurden.

Aber wie das so ist im Leben, Veränderungen in der Verhaltensweise eines Menschen wirken oft auf die Umgebung. Zur selben Zeit begann ihre Arbeit zu stagnieren, nur noch kleine Erfolge stellten sich ein, am Ende gab es gar keine mehr. Es wurde still um sie, die Begegnungen gestalteten sich verhaltener, Niki verlor ihren entzückenden Charme, alles wirkte gedrängt und erzwungen. Und über alles legte sich ein Schleier unbeweglichen Sandes, der im Getriebe dieser Arbeit leise zu knirschen begann.

Der Stillstand hielt sich beinahe ein Jahr lang eisern, und Nikis Zorn wuchs. Weder ihre wütende Hingabe noch ihre Bitterkeit konnten diese Schranke überwinden, das spürte sie, und deshalb legte sie sich neue Strategien zurecht. Es waren unerwartete, verblüffende Vorgehensweisen. Um nur ein Beispiel zu nennen: Sie hatte im kirchlichen Umfeld angefragt, ob man Frauen aufnehmen würde, ihnen irgendeinen Job anbieten könnte, was auch immer – auch Putzjobs wären für Niki eine Option gewesen.

Doch die Forderungen versickerten in einem Boden von organisatorischen und administrativen Hürden, und auch das machte sie wütend. Sie telefonierte herum, den ganzen Tag lang saß sie am Telefon, wenn sie keinen Dienst hatte. Ohne Ausbildung würden sie niemanden einstellen, wies ein junger Diakon sie zurecht, selbst gerade frisch von der Schule, stolz auf sein Diplom und auf eine glänzende Zukunft. Und eine alte Pfarrerin meinte, man könne nicht einschätzen, was solch eine Frau – sie hatte sie wirklich mit «solch eine» bezeichnet – für einen Einfluss auf ihr direktes Arbeitsumfeld habe. Schließlich arbeite sie als Pfarrerin mit Konfirmanden zusammen und habe große Verantwortung für die Kirchenmitglieder.

Niki schnaubte, ihre Feindseligkeit wurde noch größer, dementsprechend zog sie sich zurück. Was sollte denn das alles?

Als wäre das nicht schon genug, machte Heidi ihr Vorhaltungen: «Du zäumst das Pferd von hinten auf», warf sie ihr während den Vorbereitungen auf einen Abend vor. «Verstehst du nicht? Die Frauen müssen *selber* aussteigen wollen. Und mit *ihrem* Willen beginnt es, nicht mit deinem. Du kannst ihnen deinen Willen nicht aufzwingen!»

Niki ärgerte sich über Heidi, weil Heidi ständig so viel redete, weil sie so viel über die Menschen wusste, weil sie so viel erahnte und weil sie die Gedanken auf der Zunge trug, das Wort Nachsicht zwar in Nikis Augen überhaupt nicht kannte, aber hier, in diesem einen Punkt, Recht hatte.

Zornig herrschte sie Heidi an. Einerseits hatte sie dabei die Nigerianerin in ihren Gedanken, die sie so kalt im Café stehengelassen hatte, andererseits die liebenswürdige Milena, die schwer krank war und bald schon unfähig, alleine in ihrem winzigen Zimmer zurechtzukommen.

Sie schrie zwischen Kartons, Kosmetik und Haarglanzprodukten: «Manchmal habe ich das Gefühl, dass Gott uns völlig vergessen hat, Menschenskind!»

Es dauerte einige Tage, bis Niki sich die Wahrheit eingestand: Die großen Tage ihrer Arbeit waren vorbei, nichts war wie früher. Dabei hatte sich zu Anfang alles ganz anders entwickelt.

In den ersten Monaten in der roten Meile war manche Frau zu ihnen gekommen, hatte sie um Hilfe gebeten, um Rat und um Unterstützung. Manche wollten untertauchen oder aussteigen, sie baten um Tickets für die Rückreise in ihr Heimatland, nach Rumänien, Bulgarien, Polen, Brasilien, Thailand. Manche hatten es geschafft, aus dem Milieu in eine andere Arbeitswelt zu finden, als Reinigungshilfe vielleicht oder auch als Verkäuferin, als Friseuse oder Kosmetikerin.

Sie schrieben kurze Postkarten an Nikis private Adresse: «Ich bin wieder bei meinen Kindern!» – «Ich habe hier einen Job bei einem Onkel und verdiene nur wenig, aber wir leben.» – «Ich putze, und es macht mich glücklich!»

Sie erinnerte sich gut. Fast jede Woche hatten sich damals, vor drei Jahren, Frauen bei ihnen gemeldet, um einen neuen Weg einzuschlagen. Sie wollten aus der Prostitution abhauen, als hätten Niki und ihre Leute mit dem Beginn von Team Rahab eine schwere Lawine losgetreten und den Frauen eine neue Perspektive aufgezeigt. Es war, als hätten sie gerufen: «Schaut her, es gibt noch ein anderes Leben, etwas, was euch gefallen könnte, eine Beschäftigung, die euch nicht nur einen Alltag in Würde erlaubt, sondern auch ein normales Leben mit Familie und Freunden.»

Damals waren sie dankbar und ein wenig stolz auf die vielen Erfolge; sie nannten die flüchtenden Frauen «schwarze Tauben», weil sie sich mit dunklen Flügeln über die Dächer erhoben, die belastenden Dinge abschütteln konnten, sich mit dem Wind fortziehen ließen, obschon das Leben und die Arbeit danach oftmals nicht einfacher wurden, weil die Frauen weniger verdienten.

Aber heute ist alles ganz anders. Jetzt, nach der großen Wut, kommen die beißenden Fragen.

Wozu diese verzweifelten Frauen anhören, ihnen gut zureden oder ihnen Hoffnung machen wollen, wo doch bei den meisten gar kein Wille vorhanden ist, aus der verflixten Misere herauszukommen?, überlegt sie, und dann beginnt sie sich sogleich für ihre Gedanken zu schämen. Sie verabscheut ihren Zweifel wie saure Milch, doch er lässt sie nicht mehr los, zwingt sich auf, beharrlich.

Es ist das verdammte Geld, denkt sie, plötzlich wütend, immer dieses verdammte Geld. Was soll ich nur tun?

Geld legt den Menschen Ketten an, und – was sie am meisten ärgert – es erinnert sie an ihre Begrenztheit. Auch ihr Ehemann ist ihr dabei keine Hilfe.

Und doch, sie darf und kann es in stillen Stunden nicht von sich weisen: Sie liebt es, sich in die Angelegenheiten dieser Frauen einzumischen, den roten Faden fremder Leben aufzunehmen, Dinge für andere ins Lot zu bringen, und sie liebt die Auswirkungen davon.

Ja, es ist eine schwierige Arbeit auf der Straße, und doch, wenn Niki den Frauen in der Dunkelheit begegnet, dann ist es, als träte sie in ein Parallel-Universum, in dem eine andersartige Ordnung herrscht, eine harte Dynamik, unauffällig, magnetisch und verschlagen. Und genau das ist es, was sie daran fasziniert.

Ganz zu Anfang hatte Niki die Telefonnummern dieser Frauen auswendig gelernt, obwohl sie sie auch alle auf dem Smartphone gespeichert hatte. Sie wusste, dass das Gedächtnis schneller sein konnte als ein Handy. Es gab Zeiten, in denen nur noch instinktives Handeln gefragt war. Drogen und Gewalt waren in der roten Meile nicht selten, Brandmale, blaue Flecken und Angst ein ansteckendes Symptom der Arbeit hier in diesem sonderbaren Abschnitt der Stadt, wo so viele Menschen unterschiedlichster Herkunft miteinander ausharrten.

Es war nun bereits acht Jahre her, seit Niki internationale Beziehungen an der Universität Bern studiert hatte. Damals hatte sie sich auch der Heilsarmee angeschlossen, weil sie in ihrem Leben etwas bewegen wollte, Fortschritte sehen wollte. Die Heilsarmee tut etwas, dachte sie.

Durch ihre Erfahrungen im Rahab-Team hatte sich viel in ihrer Einstellung verändert. Ihr wurde bewusst, dass sie sich geirrt hatte in den Menschen der roten Meile, ihre Vorurteile hatten ihre Ansichten vergiftet. Jetzt empfand sie eine natürliche, wenn auch noch distanzierte Zuneigung zu diesen Menschen, die sie ja noch gar nicht kannte.

Wie konnte ich mich nur derart täuschen?, fragte sie sich, und sie verspürte eine tiefe Beschämung.

Einmal sagte Heidi: «Du siehst so mitgenommen aus, ist etwas passiert?»

«Ich bin enttäuscht.»

«Von den Leuten hier?»

«Nein, von mir selbst.»

Und als sie Patrick traf, den Heimatlosen, oder Milena oder Doris, da musste sie sich eingestehen, dass diese Menschen nicht immer die falschen Entscheidungen getroffen hatten, wie sie als Studentin vermutet hatte, sondern dass diese Menschen in Lebensweisen hineingeschoben worden waren, widerwillig, meist mit Unbehagen und immer mit großer Angst.

An diesem Abend weiß sie nicht, was noch folgen wird. Das weiß sie nie. Und sie sagt mit einer gewissen Bitterkeit und auch Verunsicherung in der Stimme zu Heidi:

«Behalten wir Doris im Auge, sie sieht angeschlagen aus. Ich hoffe, sie bleibt noch eine Weile, flüchtet nicht gleich in die nächste Stadt.»

«Ja, das hoffe ich auch. Sie ist nicht registriert, und deshalb ist sie in Gefahr. Wenn sie einfach verschwindet, wie das Mädchen aus Nigeria vor drei Monaten, fragt kein Mensch nach ihr. Wir müssen dem Zuhälter demonstrieren, dass wir uns um sie kümmern.»

«Natürlich», sagt Niki nachdenklich und zieht Heidi weiter.

Jetzt nähern sie sich den verschiedenen Salons. Da sind blaue, schwarze, rote Türen mit greller Beleuchtung. Es blinkt und surrt.

Sie klopft an jede Tür, mal forsch, mal zögerlich. Manchmal jedoch bleiben die Türen verschlossen.

Aber Niki lässt nicht locker. Und Heidi schimpft ungeduldig vor verschlossenen Türen: «Hier ist nichts Gutes zu finden.»

Gut und Böse, das gibt es nicht, denkt Niki verärgert. Ich kann's nicht mehr hören, nie wird dieses Urteil einem Menschen gerecht.

Es ist kalt, und nur der dumpfe, sorglose Rhythmus von Musik ist zu hören, der zwischen die Häuser drängt und sich diffus über die Dächer legt.

Kapitel 2

Das Meer in der Stadt

Es sitzt ein Vogel auf ihrem Fensterbrett, und er hüpft federleicht hin und her. Gerade ist es dunkel geworden, als ein leichter Wind Schneeflocken auf Mias saubere Glasscheiben legt. Von irgendwoher dringt zögernd ein Bellen an ihr Ohr.

Mia öffnet das Fenster, und der Duft von indischem Essen und gebratenem Kalbfleisch drängt sich an ihr vorbei in ihr kleines Zimmer. Sie schiebt ihren Arm aus dem Fenster und spürt kleine kühle Tropfen auf ihrer dünnen Hand.

Ein Kind mit roter Mütze fährt unten auf der nassen Straße vorbei und singt voller Inbrunst ein lustiges Weihnachtslied.

Mia lächelt.

Vor einigen Tagen hatte sie in Betracht gezogen, an

Weihnachten nach Hause zu gehen. Doch diese Idee, die aus Lügen entstand, hat sie schnell wieder fallengelassen.

Schon immer hatte Mia es geliebt, wundersame Gedanken zu einem Gebäude aus Lügen und erdichteten Gebilden zusammenzusetzen. Besonders eine Sache hatte sie sich immer wieder vorgestellt: die vollständige Abzahlung ihrer Schulden an ihren Zuhälter.

Mia stand bei ihm mit 15.000 Franken in der Kreide, denn er hatte sie nach Zürich gebracht und in die *Schwarze Perle* eingeführt. Ein verhältnismäßig großer Aufwand, wie er fand, für den er nachträglich bezahlt werden wollte.

Dieses Unterfangen war allerdings nicht einfach für Mia, denn das meiste von dem Geld, das sie einnahm – nämlich satte fünfundsiebzig Prozent –, musste sie an ihren Zuhälter für Kost und Logis und für die «Kundenstammpflege» abgeben, wie es die Hausmutter nannte.

Wie sollte sie bloß von den restlichen fünfundzwanzig Prozent ihres Lohns auch noch die Vermittlungsarbeit des Zuhälters bezahlen?

Ihr schwarzes, sorgfältig gepflegtes Haar glänzt. Ihre Haut wirkt matt im dumpfen Licht der Lampe, die auf dem Schminktisch im kleinen Zimmer steht. Sie schließt das Fenster vorsichtig und setzt sich an den Schminktisch. Mia verbringt einige Sekunden lang mit dem Blick in den Spiegel. Ihre Augen prüfen ihre kantigen Wangen, dann fährt sie sich mit der Hand über den schmalen Mund. Sie legt den Finger auf ihren rechten Mundwinkel, der im Spiegel bereits zu einem kleinen Schatten herangewachsen ist. Danach greift sie nach dem kleinen Kamm für die Augenbrauen und streicht sich die schwarzen Brauen zurecht, damit sie frisch wirken.

Jemand geht im Zimmer über ihr hin und her, deshalb löst sich der Kalkputz von der Decke, deren Farbe niemand so richtig beschreiben könnte, und fällt wie Mehlstaub auf ihr Haupt und ihren Teppich.

Schweigend blickt sie in den Spiegel und muss zugeben, dass die starke Schminke sie nicht begehrenswert, sondern härter aussehen lässt. Ihr Körper war schon immer hager gewesen, und wenn sie ihren Arm hebt, scheint es, als ob er bei der nächsten schnellen Bewegung wegbrechen würde.

Nun beginnt sie mit wütenden Bewegungen den karmesinroten Lippenstift von den Lippen zu wischen. Energisch wirft sie das Papiertuch in den grünen Eimer neben ihrem Schminktisch. Es ist stickig im Raum.

Wenn ich jeden Monat 625 Franken abzahle, dann bin ich in zwei Jahren frei, denkt sie.

Sie blickt sich im Zimmer um. Dieses Haus hat etwas, was sie erahnt, aber nicht mit Worten ausdrücken kann. Sie fühlt, wie ihr jeder Raum in diesem Gemäuer die Luft abdrückt, so dass sie kaum zu atmen wagt. Obgleich ihre Glieder schmal sind, fühlen sie sich massig an, als sei hier auf diesem Flecken Erde die Erdanziehungskraft noch viel stärker als anderswo.

Mia schiebt sich in diesem Haus jeden Tag von ihrem Zimmer ins rosa Bad, in den Aufenthaltsraum und durch die Gänge wie durch Wassermassen.

«Ich würde gerne nach Barcelona gehen. Ich glaube, dass das Meer dort bis in die Stadt hineinfließt», flüstert sie. «Das Meer ist warm, und ich könnte hinausschwimmen, so weit ich möchte.»

Aber wie soll das gehen, wo ich hier keinen Schritt vors Haus machen kann?, fragt sie sich.

Mia liebt das Meer.

Einmal, da war sie am Schwarzen Meer, in der Nähe von Warna, Bulgarien. Sie mussten zwei Tage reisen, um an das mächtige Gewässer zu gelangen, aber es hatte sich gelohnt. Mia war damals sieben Jahre alt, und ihr

Großvater sagte zu ihr: «Wenn du nicht aufpasst, dann trägt der Wind deine Gedanken ins Meer hinaus, und dort, hinter den Wellen, versinken sie.»

«Nur die guten Gedanken?», fragte Mia den Großvater.

«Ja», sagte er. «Die schweren bindest du an einen Stein und wirfst sie ins Wasser.»

Daraufhin warf Mia einen Stein nach dem anderen ins Meer. Einen für den Tod ihres kleinen Hundes, der von einem Auto angefahren worden war und Stunden später starb; einen für die seelische Krankheit ihres Vaters, der in einer Klinik lebte; einen für die langen schlaflosen Nächte, weil sie die zahlreichen Herrenbesuche der Mutter wachhielten.

Das Meer schluckte ihre Steine, und Mia stellte sich vor, wie die schweren Gedanken wie von einem Sog heruntergezogen wurden und auf den Meeresboden stürzten. Sie erkannte, dass das Meer ihre Not verschlang, ohne Aufbegehren und mit dem Willen, sich alles widerstandslos einzuverleiben.

Damals beflügelte sie diese Vorstellung, und sie stand auf, klopfte den Sand von ihrem blassblauen Kleidchen und warf noch mehr Steine ins Wasser, immer wieder von vorn, große und kleine, spitze und runde, glatte und vernarbte. Und sie fühlte sich frei, so frei, als wäre sie gerade neu in ihr Leben hineingeboren worden.

Auch hier in Zürich soll es einen See geben, denkt Mia traurig.

Und sie stellt sich in Gedanken an diesen See, den sie bis jetzt noch nie gesehen hat, und wirft das schwere Gestein ihrer jetzigen Umstände hinein: die Düfte der Männer, die nach süßem Aftershave, altem Schweiß oder fettigen Gewürzen riechen. Sie wirft die Champagnerzapfen hinterher, die sie sammelt, um einen Anteil an jeder verkauften Flasche zu erhalten, den Ekel und die Übelkeit, die sie jedes Mal vor einem Kundenbesuch überkommt, und auch die täglichen Schmerzen im Bauch, die sie mit Tabletten in Schach hält.

Einige Sekunden lang spürt sie den Wunsch, aufzustehen, die Koffer zu packen, durch den sauberen Hausflur zu gehen, die Treppe hinunter und an der Hausmutter vorbei, ohne Fragen beantworten zu müssen, die sie wieder in die Enge treiben würden. Sie würde einfach die Tür öffnen und hinaus auf die Straße gehen. Danach, so stellt sie sich das vor, dreht sie sich nach dem Haus um und blickt nach oben. Da steht dann ihr altes Leben am Fenster, die Mia mit den schwarzen Augen und dem karmesinroten Mund. Diese Frau winkt ihr zu und ruft in rauem Tonfall: «Nichts hält dich hier. Geh!»

Nur für ein paar Wochen, vielleicht ein paar Monate oder für ein Jahr, denkt Mia, möchte ich nach Barcelona gehen, und sie blickt direkt in ihre Spiegelaugen und seufzt.

Virva, ihre Zimmerkollegin, sieht auf und lächelt. Immerzu lächelt sie wohlwollend, wenn Mia etwas von sich gibt, denn das ist selten der Fall. Nun hebt Virva die Zeitung und schüttelt sie ein wenig.

«Wusstest du, dass Elefanten ein Leben lang wachsen und sehr sozial sind?»

Virva liebt es, aus der Tierwelt zu berichten. Jeden Tag, wenn sie um 12 Uhr frühstücken, liest sie in Magazinen, Büchern und auf dem Smartphone.

«Nachts hat es auf dem Mond minus 160 Grad.»

Mit einem kaum mehr überraschten «Oh» wendet sich Mia Virva zu und fragt: «Und tagsüber?»

«130 Grad, wegen der Sonnenbestrahlung», gibt Virva zur Antwort.

«Hmmm.»

Auf einmal verachtet sich Mia für ihre uninteressiert klingenden, beiläufigen Worte, die sie Virva zuspielt. Virva hat so viel für sie getan.

Sie war es, die sie im Kreis der Frauen höflich aufgenommen hatte. Und Virva war es auch zu verdanken, dass Mia nicht die schwierigsten Freier zugespielt wurden. Und sie war es gewesen, die mit Vehemenz Mia vor einem Mann rettete, der als gewalttätig gilt.

In Mias Leben hatte es in der Vergangenheit viele Katastrophen gegeben.

Sie wundert sich darüber, dass die neugierige Virva bisher nichts von ihren Dramen wissen wollte.

Vielleicht ist es die Vorsicht vor den wirklichen Verhängnissen des Lebens, sagt Mia zu sich selbst.

Dennoch empfindet sie eine verhaltene Verblüffung, was Virva betrifft: Weshalb spricht eine 23-Jährige wie Virva über das Leben wie eine Wissenschafts-Studentin? Und warum erzählt sie nie etwas von sich selbst?

Es will Mia einfach nicht gelingen, wie Virva zu denken, auch wenn sie es immer wieder versucht.

«Kommt dein Student heute wieder zu dir?», will Virva wissen.

«Ja, immer am Dienstag.»

«Bekommt er das Geld von seinen Eltern?»

«Ja.»

«Wie ist er so?»

«Er erzählt viel.»

«Er spricht mit dir?»

«Ja, wir reden nur.»

«Okay.»

«Also, auf ein Neues», zwinkert Virva ihr zu, die jetzt aus dem Zimmer geht.

Es läutet an der Tür. Mia steht auf und fährt sich über das dünne Samtkleid. Sie legt sich einen Schal um die Schultern. Jetzt öffnet sie das Fenster erneut und blickt hinaus. Eisige Luft fließt in den Raum.

Auf der Straße stehen Männer, Frauen und zwei Polizisten, die sehr leise miteinander sprechen. Es ist friedlich. Schnee fällt und taucht alles in Reglosigkeit.

Nun tauchen zwei weitere Gestalten in Uniform auf. Es sind Frauen von der Heilsarmee. Mia starrt auf zwei Hüte, die sich durch die Straße pflügen. Schnell schließt sie das Fenster und macht sich für ihren Studenten bereit. Sie hört seine Stimme. Er spricht mit der Hausmutter Mata. Jetzt vernimmt sie seine polternden Schritte auf der Holztreppe.

«Hey», begrüßt sie ihn in der Tür. «Wie liefen die Prüfungen?»

«In Ordnung», sagt Tim.

Er ist schüchtern, genauso dünn wie sie, und er bewegt sich langsam. Seit fünf Monaten besucht er Mia regelmäßig. Sie sprechen über sein Studium der Elektrotechnik, über die anstehenden Prüfungen und über seine Eltern, die ihn finanziell unterstützen. Seine Mutter ruft ihn fast jede Woche an und schickt ihm frische Unterwäsche in einem Postpaket, erzählt er. Darin versteckt sie auch Hustenbonbons, obwohl er nie erkältet ist.

Er hat eine gewisse Neigung zu besonderen Worten. Er sagt «Abbild», wenn er «Gesicht» meint. Oder «Sammelsurium», wenn er an «Durcheinander» denkt. «Dein Abbild ist schön. Dein Sammelsurium mag ich sehr», sagt er zu Mia, die nicht besonders ordentlich ist. Er würde auch «Tatkraft» sagen, wenn er vom «Willen» sprechen müsste. Aber dieses Wort hat er in der Gegenwart Mias nie angewandt.

Sie setzen sich aufs Bett, und er erzählt, was er letzte Woche an der ETH erlebt hat. Manchmal bittet er Mia, ihr das Haar kämmen zu dürfen. Sie erlaubt es ihm. Zärtlich fährt er ihr dann über den Kopf und spricht über seinen Professor, der in der Vorlesung Sandalen zu roten Wollsocken trägt und so lange Statistikrechnungen auf die Tafel schreibt, bis sie wie Kleinkinder-Zeichnungen aussehen.

Dann sprechen sie über Mias Pläne, wieder nach Hause zu fahren, und über ihre berufliche Zukunft. Mia plant in einigen Jahren ein Studium der Architektur zu machen. Sie will Mehrfamilienhäuser für Großfamilien bauen. Fünf Zimmer oder mehr für eine siebenköpfige Familie wünscht sie sich.

Die beiden spüren, dass ihnen diese Beziehung kostbar geworden ist in den letzten paar Wochen.

Tim hat große Fledermausohren, und er spielt mit seinen Fingern, wenn er etwas erzählt. Das mag Mia ganz besonders an ihm.

«Feierst du heute eigentlich auch Weihnachten?», fragt Tim wie beiläufig an diesem Abend.

«Nein. Weihnachtsabende sind meistens gut besucht. Wir arbeiten», gibt Mia zur Antwort.

«Bedeutet dir Weihnachten überhaupt etwas?», fragt Tim.

«Weihnachten bedeutet mir nur etwas, wenn ich bei meiner Mutter in der Küche sitze. Es bedeutet mir etwas, wenn ich meine kleine Schwester kitzeln kann, sie im Arm halten kann und mit ihr Mohnkekse teile. Die von meiner Mutter sind trocken und staubig, aber wir lieben sie trotzdem, denn wir essen sie mit Milch.»

Tim kämmt ihr Haar, bis es noch mehr glänzt.

«Dann gehst du nicht nach Hause an Weihnachten?»

«Sie lassen uns hier nicht raus», sagt sie.

Er schweigt verwundert und sieht verstört auf die Uhr. Die halbe Stunde ist um. Er legt das Geld auf den Tisch, wirft sich seine dunkelblaue Jacke über und küsst Mia auf die Wange.

«Kann ich irgendetwas für dich tun?», fragt er schüchtern.

Einige Sekunden schweigt sie.

«Nimm mich mit nach Barcelona», gibt sie dann zur Antwort und lacht.

«Barcelona liegt direkt am Meer», sagt er beschwingt und schämt sich sogleich für seine leichtfertige Bemerkung.

Tim hat geahnt, dass diese Frauen nur in Begleitung das Haus verlassen können. Er findet es auch nicht in Ordnung. Nichts ist in Ordnung hier. Noch nie war Prostitution in Ordnung, findet er. Doch was soll er sagen? Was kann er tun?

Schließlich *rede* ich ja nur mit Mia, denkt er. Diese halbe Stunde in der Woche mit einer wunderschönen

Frau zu verbringen, das gibt ihm ein gutes Lebensgefühl, ein Gefühl der Nähe, und das Geld ist auch kein Problem.

Nun? Sie mag mich ja auch, denkt Tim und öffnet eilig die Tür. Gibt es das überhaupt, intuitive, uneigennützige Liebe?, überlegt er auf der Treppe und stolpert, weil es allzu dunkel ist.

Seine eiligen Schritte werden leiser. Die Tür bleibt offen stehen. Tim hinterlässt einen sauberen Duft von Nivea-Seife, der nun im Zimmer hängt.

«Fröhliche Weihnachten», sagt Mia, während sie sich zur Tür dreht und das Leuchten in ihren Augen schwächer wird.

Dann geht sie zum Nachttisch, nimmt eine große Muschel, die darauf liegt, und lauscht hinein. Und sie hört ein feines Rauschen und sieht unvermittelt das Meer in Barcelona vor sich, ganz klar und in hellen, glitzernden Farben.

Sie sieht die Wellen, die gegen schwarze Felsen schlagen, und sie ist gewiss, dass sie bald da sein wird, in Spanien, am Mittelmeer, an einem Meer, das gutgesinnt alles in sich aufnimmt: die Schrecken eines jungen Lebens und das vage Weinen, das Mia beinahe jede Nacht in den Schlaf wiegt.

Kapitel 3

Heimatlos

Der Asphalt in der roten Meile riecht metallisch, und seine Hände fühlen sich warm an. Patrick streicht zärtlich über den Hals seines Hundes Bobbi, der gemütlich auf einem Karton sitzt und ihn mit traurigen Augen anblickt.

Patrick ist ein kleiner Mann von 26 Jahren, und er liebt die Freiheit. Sein langes gewelltes Haar fällt auf seine Schultern, und wenn er seine rote Basketballmütze aufhat, dann wirbeln die Locken wild um den festen Stoff. Er trägt einen langen, zerknautschten Mantel mit einem unpassenden Ledergürtel und dicke schwarze Stiefel.

Patrick neigt dazu, langsam zu sprechen, und er versteht es, seinem Gegenüber zuzuhören wie kein andcrer. Auch seinem Hund hört er zu, wenn dieser ihm zuwinselt, zuwedelt oder ihm mit seinen Augen Zeichen geben will.

Weil Patrick immer das tut, was niemand von ihm erwartet, kann er jeden in Erstaunen versetzen. Er spricht über Gedichte, über russische Schriftsteller wie Michail Schischkin oder Vladimir Nabokov, und wenn es nicht regnet, dann setzt er sich zu alten Leuten in den Park, weil alte Leute Zeit haben und gerne mit ihm sprechen.

Sein Hund Bobbi ist ein Golden Retriever, der ebenso langes Haar hat wie Patrick, das dazu noch hell glänzt. Stets sitzt er neben seinem Herrchen, an sein Bein geschmiegt, und lauscht dessen Worten. Er liebt es, wenn Patrick leise und fast verschwörerisch von den Dingen des Lebens spricht. Nur selten bellt Bob, und wenn er bellt, scheint er beinahe ein wenig zu lachen.

An diesem Abend bindet Patrick dem Hund das dunkelrote Halstuch um, das er einmal von einem Gassentierarzt geschenkt bekommen hat.

Patrick fragt: «Schon wieder Appetit, Bobbi?», und der Hund schmiegt sich an seinen Herrn, wedelt und bellt glücklich.

«Nein, nein, keine Angst, heute suchen wir uns ein warmes Plätzchen, Bobbi», sagt er überschwänglich.

Patrick weiß, dass Bob nicht gerne auf der Straße

schläft, wenn es kalt ist. Ebenso weiß er, dass Bobbi ein ganz besonderes Futter liebt. Heute hat er alles Geld, das ihm zur Verfügung steht, für dieses Hundefutter ausgegeben. Es ist das speziell knusprige mit der weichen Rindfleischfüllung. Es ist Weihnachten, und Patrick will ein ganz besonderes Weihnachtsessen für Bobbi zubereiten. Er nimmt den großen gelben Blechnapf aus seinem schmutzigen Rucksack und füllt ihn mit Hundefutter.

Bobbi wedelt glücklich mit dem Schwanz und tänzelt um seinen Herrn herum. Dann streckt er den Hals und schiebt seinen Unterkiefer in das Knusperfutter.

Mit großer Zuneigung beobachtet Patrick seinen Hund, während er die Futterpackung zurück in seinen Rucksack stopft.

Heute sind sie beide das erste Mal seit langem wieder glücklich.

Das Leben auf der Straße war nicht immer einfach, aber auch nicht immer allzu schwer. Es war eben wechselhaft – und deshalb unberechenbar.

Am meisten zu schaffen machte Patrick weder die Einsamkeit noch der Hunger, sondern die Ignoranz der Menschen. Dic vcrabscheute er. Die Menschen blickten zur Seite, wenn sie ihm und Bob auf dem Gehsteig begegneten, sie verschmähten seine Frage, wenn er sie um ein wenig Geld bat, drehten sich weg, versuchten erst gar nicht, ihm in die Augen zu blicken.

Dabei schauten seine Augen mit einer wachen Zärtlichkeit, die nur ein Mensch besitzt, der immun ist gegen die spröden Umgangsformen in der Stadt und der die Hektik drängender Termine nicht kennt.

Manch ein Heimatloser verspottete ihn als «Schönling» oder als «Mister Sunshine», weil er immer ein freundliches Wort mitbrachte.

Und doch hatte das Straßenleben Patrick so schnell verändert, dass er sich mittlerweile selbst nicht mehr erkannte. Er wurde schüchtern und hielt sich mit Worten zurück. Bald verlernte er sogar, auf Fragen zu antworten – wenn denn endlich einmal jemand mit ihm sprach. Seine Gesichtshaut färbte sich lilarot, und seine Hände schwollen an und wurden dick in der Kälte, so dass er kaum eine Flasche Wasser halten konnte.

Als er auf der Straße die Einsamkeit nicht mehr aushielt, hatte Patrick Bobbi aus einem Tierheim geholt. Der Hund war damals erst sechs Monate alt, verspielt und zerfahren. Tierschützer hatten ihn verwahrlost in einem Wald in der Nähe von Zürich gefunden, starr vor Hunger und Angst. Da er im Tierheim dauernd jaulte, wollten sie ihn schnell wieder loswerden. Doch zu Patrick hatte Bobbi sogleich Zutrauen gefasst, hatte ihn mit seinem Bellen angelacht und lustig mit dem Schwanz gewedelt.

Ein solch glückliches Paar hatten die Tierheimbesitzer schon lange nicht mehr gesehen, und sie ließen Bobbi mit seinem neuen Herrn ziehen. Die Tage gingen vorüber, und Patrick litt nicht mehr so sehr unter der Verachtung der Menschen, weil er Bobbi an seiner Seite spürte, dessen Berührungen warm und tröstlich waren.

Doch einmal geschah es, dass er von drei betrunkenen jungen Männern halbtot geprügelt wurde, wobei Bobbi nur laut bellen konnte und einen der Männer in die Hand biss.

Nach diesem erschütternden Erlebnis kamen Patrick immer wieder dieselben Gedanken: Weshalb haben sie mich angegriffen? Hassen sie mich, weil ich auf der Straße lebe? Gelten für mich nicht dieselben Menschenrechte wie für andere? Was ist mit der staatlichen Schutzpflicht? Und weshalb tut die Polizei nichts, obwohl ich ihnen eine genaue Beschreibung der Täter gegeben habe?

Aber es gab auch Stunden, in denen die Gedanken stehen blieben und die Zeit ebenso. Dann wurde der

Himmel hell für die beiden, und sie betrachteten die Farben über den Dächern der Stadt und studierten sie. Grau, Lila, Gelb, Rot, Schwarz, Weiß, Hellblau. Und Patrick sagte zu Bobbi: «Wir verbringen den ganzen Tag unter demselben Himmel, Bobbi, deshalb sind wir auch gleich. Gleiches Recht für dich und mich.»

Die Stunden wurden zu Tagen und die Tage zu Wochen, und weder Feuchtigkeit noch Kälte noch junge betrunkene Männer waren die größten Feinde auf der Straße.

Und Patrick sagte sich: Wozu soll ich über Rechte nachdenken? Gewalt, Hunger, Einsamkeit und den Tod – das gibt es eben. Das sind die Dinge, die uns alle einmal im Leben begegnen. Bobbi und ich, wir müssen einfach damit leben.

Und damit gab er sich zufrieden und streichelte das Tier, das sich gerne an seine Seite legte, wenn sie im Schatten eines Brückenpfeilers schliefen. Dann lauschten sie dem fließenden Wasser an der Limmat, dem beruhigenden Sprudeln und den Wassertropfen, die sich vom Beton der Brücke lösten.

Weil die Stadt stetig lärmte und toste und der Stille kaum jemals Raum gab, dachte Patrick hin und wieder über die Geräuschlosigkeit nach, nach der er sich sehnte, und er überlegte, ob es etwas geben könnte, diese Stille zu bewahren.

Sie ist ein fragiles Element, dachte er. Unfassbar und unbeeinflussbar. Stille kann niemand herstellen, man kann sie nur suchen und entdecken …

Hat die Stille vielleicht etwas mit Gott zu tun?

Und er dachte über Gott nach, über das Schweigen und die Gabe des Sich-Geduldens …

Ob Gott diese Eigenschaften wohl mochte?

Dann legte er die Hand auf Bobs schlafenden Kopf, und es schien ihm, als würde ihm jemand beim Denken zuhören, irgendjemand, ein Schatten vielleicht, oder auch ein Wesen, das ihm nichts anhaben wollte, ihn vielleicht sogar liebte, nicht nur bei Tag, sondern auch, wenn es dunkel war und man nichts ausmachen konnte außer der Einsamkeit, dem Wind und dem unaufhörlichen Fließen des eisigen Wassers der Limmat.

Und dann kamen die Gedanken, die ihm schon seit Jahren zuwider waren: Was, wenn meine Mutter mich wieder in ihre Wohnung aufnehmen würde? Was, wenn ich mich mit meinem Arbeitgeber nicht verkracht hätte? Was, wenn mein Bruder sich nicht das Leben genommen hätte?

Mittlerweile kannte er diese Gedanken in- und auswendig. Tausendmal hatte er sie gedreht, gewendet, in eine neue Form gebracht. Aber nichts hatte sich an ihnen verändert, und auch die Antworten blieben dieselben.

Mit der Zeit dachte er über die Dinge nach, als wären es nicht mehr *seine* Angelegenheiten, sondern die eines anderen Menschen. Als wäre das alles einem anderen Mann zugestoßen, einem viel älteren Mann vielleicht, nicht einem 24-jährigen Wesen, dessen Leben eigentlich einmal enthusiastisch gestartet war und dessen Existenz, vor dem Eintritt ins Straßenleben vor zwölf Monaten, noch völlig anders ausgesehen hatte.

An unwirtlichen Tagen wie diesem 24. Dezember springen die Töne der Autos und Mopeds von Wand zu Wand, aber beinahe leise, fast lautlos, und Patrick sieht die Menschen gestikulieren, reden und streiten.

Türen öffnen sich in beinahe regelmäßigen Abständen, fallen krachend zu, dazwischen klapperndes Schuhwerk auf ausgestreutem Kies.

In seinen Augen sind die Menschen stets zielstrebig und nie unschlüssig. Die Stadt ist eine Wildnis, über die sich tagsüber eine gewaltige Reserviertheit legt, und die Nächte ein beunruhigendes Feld an unabsichtlich Stillgelegtem.

Nur eine Person bildet die Ausnahme.

«Magst du Kuchen, Patrick?», fragt Niki, die vor ihm stehen bleibt. Sie spricht weder gekünstelt noch mitleidig.

Patrick lacht sie an und offenbart dabei seine weißen Zähne, die er außerordentlich gut pflegt.

«Hey, gerne. Aber keinen trockenen Walnusskuchen. Den mag ich nämlich nicht, und Bob hasst ihn», gibt er zur Antwort und berührt ihren Arm ganz schnell und beiläufig.

Die beiden Frauen kommen in Bewegung. Heidi kramt im Korb nach Kuchen, und Niki sucht nach einer geeigneten Broschüre mit Öffnungszeiten und besonderen Anlässen in Einrichtungen für obdachlose und randständige Menschen.

«Hier, in diesen Tagen gibt es einige Anlässe, an denen auch Hunde zugelassen sind.»

«*Thanks,* aber kein Bedarf. Wir feiern Weihnachten nicht. Wozu auch? Es gibt keinen Grund.»

Heidi und Niki blicken ihn ohne Erstaunen an.

«Ihr könnt euch dort aufwärmen. Es gibt sogar ein Geschenk für jeden», sagt Niki.

Patrick zeigt auf seine Stiefel. «Ich weiß. Die handgestrickten Wollsocken sind erste Klasse, aber die schwarze Schokolade mag ich nicht besonders. – Wann öffnen sie die Türen?», will Patrick wissen.

«Morgen zum Beispiel um achtzehn Uhr», sagt Niki.

Patrick zieht einen kleinen Schreibblock aus der Tasche und notiert sich die Uhrzeit. Seit er auf der Straße lebt, trägt er eine Armbanduhr und notiert sich alle Öffnungszeiten. Bahnhofs-Öffnungszeiten, Kaufhaus-Öffnungszeiten, Restaurant-Öffnungszeiten, Notschlafstellen-Öffnungszeiten, *Speak out!*[1]-Termine, Gassentierarzt[2]-Sprechstunde sowie *Pfuusbus*[3]-Öffnungszeiten.

Öffnungszeiten haben ihm und seinem Hund im Winter schon oft das Leben gerettet.

Als Niki Patrick und seinen Hund Bobbi vor zwei Jahren das erste Mal auf der Straße entdeckt hatte, hatte sie beschlossen, sich um den jungen Mann zu kümmern. Sie kannte seine Schlafplätze und die Ecken, an denen er seine Zeit verbrachte. Sie kannte auch seine Gewohnheiten und brachte ihm Wasserflaschen, wenn er wieder zu viel Bier getrunken hatte.

Bier macht satt in allen Belangen.

Patrick hatte wieder diese lilarote Hautfarbe von der

Kälte. Er trug wollene Handschuhe, die an den Fingerkuppen abgeschnitten waren.

Niki versuchte, ihn auf jedem ihrer Dienstagnacht-Rundgänge aufzusuchen, weil sie sich sorgte.

Jemand anders als ich würde ihr sagen, wie schön sie ist, denkt Patrick in diesen Augenblicken, wenn sie vor ihm steht. Nein, ein anderer würde ihr etwas schenken zu Weihnachten ... Aber was kann ich ihr schon geben?, fragt er sich. Ich habe ja nichts, was ich ihr geben könnte.

Deshalb sagt er: «Mach dir keine Sorgen, kleines Mädchen. Dieser Winter ist auch nicht anders als der vor einem Jahr.»

Er nennt sie stets «kleines Mädchen». Und wenn er dabei seine Brille trägt und die Gläser anlaufen, nimmt er sie von der Nase und putzt sie mit seinen alten Handschuhen. Dann fragt er sich, ob seine Worte angebracht sind und was ein anderer wohl sagen würde. Und dann fallen ihm wieder die Sätze ein, die er immer brabbelt, wenn das Bier via Blutbahn in seine Knie fließt und sie weich macht.

«Mach dir keine Sorgen, kleines Mädchen.» – «Du kennst mich doch, kleines Mädchen.» – «Die Straße ist mein Leben, kleines Mädchen.»

Als Niki das erste Mal nach dem Grund seiner Situation auf der Straße fragte, fielen ihm gleich mehrere ein. Die Liste der Begründungen für sein Leben auf der Straße war lang: Er habe einfach Pech gehabt in der Arbeit als Zimmermann; er habe sich noch nie gut mit der Mutter verstanden; nein, sein Bruder sei immer schon schwierig gewesen, deshalb auch der Freitod … Außerdem gebe es auch keinen Grund, *nicht* auf der Straße zu leben, hier sei man am Ende unabhängiger als im alten Leben. Die unzähligen Verpflichtungen hätten ihn aus dem alten Leben vertrieben. Immer diese Verpflichtungen.

«Es ist kein Versehen», sagt Patrick immer wieder, «ich habe es so gewollt.»

Und dann denkt er an seinen Bruder, der als Kind unwahrscheinlich gerne Weihnachten gefeiert hat. Er denkt an die schönen Tannenbaum-Lieder, er denkt daran, wie er den Kopf auf den Schoß seiner Mutter gelegt und die flackernden Baumkerzen angestarrt hat.

Er denkt daran, wie sein Bruder die vielen Geschenke ausgepackt hat, die ihre Mutter immer unter eine kleine, im naheliegenden Wald abgesägte Rottanne gelegt hat.

Manchmal fragt er sich, ob auch die Geschenke irgendwo «gepflückt» worden waren, wie es die Mutter immer behauptet hatte, und dann fällt ihm ein, dass es seiner kindlichen Freude keinen Abbruch getan hätte, wenn nicht, und dass es ihm deshalb egal war.

Einem Kind macht es nichts aus, woher die Dinge kommen, denkt er. Hauptsache, sie sind vorhanden.

In solchen Augenblicken will er wieder bei der Mutter und seinem Bruder sein und die verwunderten Augen des Bruders sehen, wenn er einen fantastischen Lego-Kran mit Motor auspackt.

Es ist bereits sehr kalt geworden, und weiße Flocken wirbeln um ihre Köpfe. Patrick spürt die Kälte auf seiner Haut und beobachtet, wie sich ein weißes Laken auf die Straße legt. Patrick fallen immer die kleinen Dinge auf, so war es schon immer.

Beispielsweise sieht er die Kartons an den Fenstern der roten Meile, und er bemerkt es, wenn ein Licht in einem Salon-Badezimmer kaputt ist. Außerdem fällt ihm immer auf, wie ernst und eindringlich die Zuhälter mit den Frauen sprechen. Er erkennt, wie Menschen vergnügt in den Bars ein- und ausgehen und dass sie diese später still und oftmals unsicheren und hastigen Schrittes verlassen.

Patrick hat damals auch gesehen, wie seine Mutter in

der Küche mit seinem Bruder gesprochen hat, als dieser vor einigen Jahren von der Schule geflogen war. Sie hat sich über den Tisch gebeugt und seinem Bruder wütend auf die ausgestreckte Hand geschlagen. Eilig hatte sein Bruder die Hand zurückgezogen und nie wieder ausgestreckt.

Gegen die Liebe kann man nicht streiten, denkt Patrick, sie hat immer Recht.

«Patrick, brauchst du noch was?», fragt Niki laut, weil er keine Antwort gibt.

«Immer diese Verpflichtungen», sagt Patrick mürrisch. «Sogar zu Weihnachten.»

«Ja», gibt Niki zur Antwort. «Ich weiß», sagt sie mit Bedauern, und es tut ihr wirklich leid.

In den Nächten auf der Straße träumt Patrick manchmal von einer Frau, die ihn anspricht. Sie würde ihm kein Essen geben oder eine Wolldecke oder dicke Socken. Sie würde ihn nur ansehen, seinem Blick standhalten, ohne Mühe sein trauriges Lächeln aushalten.

Wenn er nur so jemanden finden könnte. Aber wer wäre dieser Mensch, der ihn so aushielte, wie er war? Jedermann, der ihm begegnet, denkt von sich, er könne aus Patricks Augen dessen Vergangenheit ablesen. Es ist, als wüssten sie mehr über ihn als er selber.

Das Urteil wird bereits mit dem ersten Blick auf das wenig glatte Haar, die aufgedunsenen Hände und das unsanfte Gesicht gefällt.

In diesen Augenblicken wünscht sich Patrick jemanden, der Ordnung bringen könnte in diese, wie er es ausdrückt, «menschliche Ungerechtigkeit».

Mit Geduld und einem fürsorglichen Wesen wäre dieser schrecklichen Voreingenommenheit beizukommen, denkt Patrick.

Er denkt so lange daran, bis ihm schwindlig wird von der Vorstellung. Danach verschmäht er sie, er verschmäht sich selbst und ist erfüllt von Ekel.

Ich bin selbst schuld, sagt er sich. Alles ist meine Schuld.

Niki sieht ihn an.

Ich muss immer wieder an dich denken, jeden Tag, will Patrick sagen, kann es aber nicht, denn es kommt ihm alles lächerlich vor. Stattdessen sagt er: «Ich hatte die Wahl. Ich hätte im alten Leben weitermachen können, aber dieses Leben wollte mich nicht mehr.»

«Ja, ich verstehe das sehr gut», gibt Niki zur Antwort, und sie meint es ernst.

«Ich könnte jederzeit wieder zurück, aber das liegt mir nicht», meint er.

Niki versteht besser, als er ahnen kann. Auch sie verfolgen Zweifel. Zweifel an ihrer Beziehung zu Markus, Zweifel an ihren Fähigkeiten, ihren Maßnahmen und an ihren Grenzen. Sie will Mitleid und Güte nicht mit Zuneigung verwechseln. Manchmal geschieht es auf der Straße, dass man sich im Wirrwarr der Gefühle nicht mehr orientieren kann: Was ist nun Mitgefühl und was Hingabe?

Sie strahlt ihn an mit einer Wärme, die er liebt.

Bald wird er seine Sachen zusammenpacken und sich unter die Brücke, den «heimeligsten» Platz, den er kennt, zurückziehen. Zwar hat er Bobbi für heute Nacht etwas viel Besseres versprochen – aber er sieht keine Alternative. Er wird die Karton-Schachtel für seinen Hund aufklappen, damit dieser darin schlafen kann, mit einem Deckel als Dach und einer aufgeschnittenen Klappe als Tür.

Meist legt sich Bobbi während der Nacht dann trotzdem neben Patrick ins Freie, weil er bei ihm ruhiger schläft. Dort werden die beiden diese kalte Winternacht verbringen, und Patrick wird hungrig in seinen Traum flüchten, in dem er sich nach seinem Bruder sehnt.

Aber erst will er Nikis Hand zum Abschied halten, diese kalte, fahle Hand, die jetzt so zart in der seinen liegt. Denn auf diese Berührung hat er den ganzen Tag gehofft und gewartet.

«Mach's gut, Patrick», sagt sie zu ihm.

Sein Blick ruht auf ihrem Gesicht, das schemenhaft und als feine Linie auf dem Hintergrundlicht der Stadt liegt.

Jetzt erhebt sich auch Bobbi, wedelt und stupst die junge Frau mit seiner Schnauze an.

«Nein, *du* machst es gut», flüstert Patrick und hält die Hand so lange, bis Niki sich unsicher abwendet.

Kapitel 4

Das Studium

Wusstest du, dass Pferde älter werden als Hunde?», fragt Virva Evelyn, die auf dem grünen Sofa im Salon sitzt. «Ein Pferd kann dreißig Jahre alt werden», sagt Virva und wundert sich darüber.

Evelyn strickt Handschuhe für ihre Mutter und meint beiläufig: «Sicher?» Sie sieht kurz auf und blickt dann wieder auf ihre Strickarbeit.

Virva beginnt in einer Zeitschrift zu blättern, so dass die Köpfe der schön geschminkten Frauen darin geradezu an ihr vorbeifliegen. Virva ist die Jüngste im Kreis der Frauen hier, und sie ist auch die neugierigste von allen. Aber nicht nur das. Während die anderen Frauen im Haus die meiste Zeit geschminkt und parfümiert herumlaufen, geht Virva oft mit einer bequemen Trainingshose durch die Räume. Ihr Erscheinungsbild kümmert sie nicht. Sie ist blass und schlank und trägt kaum Schminke auf.

Langsam wandelt sie nun von Fenster zu Fenster, mit fragenden Augen blickt sie nach draußen, schleicht weiter an den Wänden entlang, zurück zu ihrem Platz auf dem grünen Sofa, stets die Hand an ihrem Dekolleté.

Im Haus verbreitet Virva eine gewisse Leichtigkeit, die den übrigen Mädchen schon bald nach Ankunft im Etablissement abhandengekommen ist. Nur sie hat sie hinüberretten können in ihr Leben als Frau für schöne Stunden.

Virva ist eine humorvolle Frau, und ihre brüchige Stimme passt so gar nicht zu ihrem Wesen. Sie scheint die Vorstellung, dass eine Person *zu* freigiebig sein könnte, nicht zu kennen. Im Gegenteil, wenn Virva irgendjemandem etwas Gutes tun kann, so tut sie es, und wenn sie einmal Nein sagen muss, weil sie die Ansprüche nicht erfüllen kann, so hat sie sogleich ein schlechtes Gewissen.

Die Männer im Etablissement fragen oft nach Virva, weil sie eine Natürlichkeit ausstrahlt und ihr Zimmer immer nach frischer Butter duftet. Auch zieht sie kleine Kakteen in ihrem Zimmer, mit denen sie spricht und die sie auf dem Fensterbrett und auf dem Nachttisch verteilt.

In ihrem Zimmer sind zudem die meisten Bücher im Haus zu finden, und sie liebt es, Zeitungsartikel auf ihrem Handy zu lesen. Da sie wie eine Intellektuelle spricht, wird sie vor allem von Akademikern besucht.

Die Hausmutter Mata ist stolz auf Virva, deshalb gesteht sie ihr manchen Vorteil zu. Sie darf in der Waschküche zweimal die Woche ihre bequeme Kleidung und das Bettzeug waschen und belegt das ruhigste und hellste Zimmer im Haus.

Die Arbeit im Etablissement hat Virva vor einem halben Jahr begonnen. Sie hatte sich damals in Rumänien in einen Schweizer verliebt, der sie mit nach Lausanne nahm. Die Beziehung ging nach wenigen Monaten in die Brüche. Zu jener Zeit hatte sie ihr Studium bereits begonnen, und der Brief an ihre Mutter war bereits auf dem Weg.

Ich bin kein kleines Mädchen mehr, Mama. Hier in der Schweiz werde ich studieren und mir ein neues Leben aufbauen. Wie es aussieht, habe ich gute Chancen, neben dem Studium eine Arbeit zu finden. Es tut mir leid, dass ich euch im Stich gelassen habe.

Ein Duft von frischer Zitrone und Parfum legt sich auf die Blätter der Pflanzen, die Tischdecke und auf das Sofa im Salon. Auf dem Tisch steht eine Platte mit Sandwiches, die ihnen die Hausmutter hingestellt hat. Gurken-, Schinken- und Thunfisch-Sandwiches, alle selbstgemacht, allerdings dekoriert mit Zwiebeln, die niemand im Haus so richtig mag.

Virva mag auch das grüne Sofa nicht, auf dem sie auf Kunden warten müssen. Auch mit den gelben Lampen und den roten Vorhängen kann sie sich nicht richtig anfreunden, obwohl ja alles sehr lauschig wirkt.

Sie fährt sich durchs blonde lange Haar, das auf ihren Schultern aufliegt, und setzt sich wieder. Dann beugt sie sich erneut über ihre Zeitschrift. In ihrem Arbeitsalltag fehlt bisweilen die Abwechslung. Ihr wird schnell einmal langweilig.

Eine Musikanlage soll frischen Wind in die Arbeit der Frauen bringen. Sie dürfen ihre eigene Musik einlegen. Virva jedoch legt nie ihre Songs ein, denn sie will nicht an ihre alte Welt erinnert werden.

Sie alle halten Virva für eine vernünftige Frau, für intelligent, gutaussehend, gut informiert und ab und zu auch lustig. Müsste Virva sich selbst beschreiben, beschriebe sie sich jedoch als eine Frau mit großen Wünschen und nur wenigen Perspektiven. Sie würde eine 23-Jährige beschreiben, der immer wieder dieselben schlimmen Dinge zustoßen.

Ihre Achilles-Ferse ist die Abhängigkeit von Menschen. Schon ihre Schwester und die Mutter haben diese Eigenschaft für ihre eigenen Interessen eingesetzt. Als Kind musste Virva, deren richtigen Namen eigentlich niemand kennt, putzen, kochen und waschen für die zwei Frauen. Deshalb hatte sie damals beschlossen, mit diesem Schweizer fortzugehen. Nur ihr Fahrrad und eine Tasche hatte sie mitgenommen im Zug.

Es wäre bestimmt schwerer für uns geworden, wenn ich geblieben wäre, Mama. Auch die Beziehung zwischen Magda und dir kann wachsen, wenn ich nicht da bin.

Sie werden jetzt endlich damit beginnen, Verantwortung zu übernehmen, dachte Virva, während sie den Brief schrieb. Wo führt das hin, wenn ich alles für sie erledige? Das hat doch keine Zukunft. Ich werde Mama um Verzeihung bitten, hatte Virva damals gedacht, als sie ihre wenigen Sachen zusammenpackte, die Hausschlüssel auf den Nachttisch legte und das rumänische Banat[4] verließ.

Diese Dinge geschehen einfach, man kann sie nicht aufhalten, Mama. Du und Magda, ihr müsst lernen, auf euch selbst aufzupassen. Mach dir jeden Abend eine gute Gemüse-Suppe, und sorge dafür, dass dir Magda das Haar regelmäßig wäscht. Wenn du Salbe für deine Füße brauchst, dann schicke ich dir welche. Ich kann hier gute Salbe kaufen, sie riecht wunderbar, nach Lavendel. Und denk daran: Iss nicht zu fettig, sonst geht dein Blutdruck wieder hoch.

«Dann geh halt, geh in die Schweiz!», hatte die Schwester damals wütend geschrien, als Virva mit dem Schweizer bereits auf der Treppe war und das Taxi zum Bahnhof auf der Straße dreimal hupte.

Ihre Mutter stand traurig neben Magda und hob zum Abschied kurz die Hand.

Noch nie war Virva Taxi gefahren. Noch nie. An die Fahrt konnte sie sich noch gut erinnern.

Monatelang hatte Virva auf einen Brief ihrer Mutter gewartet, mit dem Studium hatte es indessen nicht geklappt. Die Sprache hatte ihr Probleme gemacht, sie hatte in den ersten Prüfungen schlecht abgeschnitten, verließ die Universität und wurde in derselben Woche von einem Mann namens Art auf der Straße angesprochen, der als Erstes ihr Alter wissen wollte.

Mama, ich hab jetzt eine Stelle gefunden, es ist stressfrei und angenehm. Ich habe eine Unterkunft erhalten – habe sogar mein eigenes Zimmer. Ich verdiene genug und kann euch jetzt regelmäßig etwas Geld schicken. Heute überweise ich euch fürs Erste 850 Euro. Reicht das?

Die ersten Besuche von Peter, dem Oberstufen-Lehrer, hatten begonnen, als er einsam geworden war. Er war auf Empfehlung eines Freundes ins Etablissement gekommen und hatte sich sogleich in Virva verliebt. Eine Liebe auf den ersten Blick, sagte er immer, und dass er von der ersten Sekunde an wusste, dass sie für ihn die Richtige sei. Seine Freundlichkeit war für Virva ein Trost.

Peter fragte stets Dinge wie: «Macht es dir was aus, wenn ich meine Socken hierhin lege?» – «Stört es dich, wenn ich meinen Regenschirm in die Ecke stelle?», und so weiter.

Sie hatte sich über seine Sensibilität gewundert. Und sie lernte, ihm zu antworten. Jedes Mal, wenn er wieder kam, sprach sie etwas mehr. Ihr Deutsch wurde besser, denn Peter sprach mit ihr Schriftdeutsch, und er sprach langsam und deutlich und betonte die Silben. Und so legte sie sich für jeden seiner Besuche Sätze zurecht, die sie ihm dann mitteilen wollte.

«Man könnte denken, ich hätte eine Wahl gehabt, aber das habe ich nicht, Peter.» Oder: «Ich weiß nicht, ob ich es jemals bereuen werde. Manchmal stehe ich auf und warte auf ein Zeichen, aber wie kann ich ein Zeichen erkennen? – Hast du dir schon mal überlegt, ob alles einen größeren Zusammenhang hat, Peter?» Oder: «Was bedeutet dir Weihnachten, Peter?»

Und Peter hatte ihr geantwortet: «Es gibt größere Zusammenhänge, sie sind evolutionärer Art, man kann sie erklären, es ist äußerst interessant, sich mit ihnen zu beschäftigen.»

Virva verstand es, die Dinge, die in den Menschen vorgingen, zu erahnen. So fragte sie Peter eines Abends, als er sehr nachdenklich wirkte: «Vermisst du deinen Kater sehr?»

Er schwieg gerührt und fand keine Antwort, nickte nur kurz und beiläufig, während er seine Socken über die Füße zog. Danach knöpfte er das blaue Hemd zu, gab ihr die rechte Hand und mit der linken das Geld und verabschiedete sich.

Ja, das tut er. Er vermisst ihn. Er wird den Kater nie wieder vergessen, dachte Virva. Niemand vergisst sein Haustier, auch seine Familie nicht, geschweige denn seine Mutter.

Mama, manchmal verstehe ich die Welt nicht. Weshalb schreibst du mir nicht? Bist du immer noch wütend? Geht es dir gesundheitlich nicht gut? Ich bin dir dankbar, wenn du endlich schreibst, Mama. Ich mache mir Sorgen. Ich bin nicht ganz aus eurem Leben verschwunden. Jeden Tag denke ich an euch, auch wenn ich viel arbeiten muss. Hast du mein Paket mit der

Salbe und den Geschenken erhalten? Wir dürfen hier zwar rausgehen, aber nur in Begleitung, sie drohen uns, dass etwas passiert, wenn wir abhauen, sie kennen unsere Adressen, unsere Familien. Ich wäre schon längst nach Hause gekommen, wenn ich könnte, aber ich kann nicht. Ich muss hier noch Schulden abzahlen, dachte Virva. Schrieb sie aber nicht.

Niemals hätte sie ihre Familie beunruhigen wollen.

Es geht mir gut, schrieb sie. *Mama, es geht mir gut.*

Und wenn sie sich in ihrem kleinen Zimmer auf dem Bett mit der blassgrünen Perkal-Bettwäsche das Ausmaß ihrer Lebensumstände überlegte und dabei alles sehr besonnen zu ordnen versuchte, blieb sie rasch wieder bei der Frage hängen, was wohl ihre Mutter berichten würde in ihrem Brief. Vielleicht dies:

Ich danke dir, liebe Virva, für die schönen Dinge, die du mir schickst. Die Milchschokolade in goldenem Papier, die blauen Strümpfe und die roten Handschuhe aus Leder sind wunderschön! Ich benutze die Gesichtslotion jeden Tag, sie riecht nicht nach Lavendel, sondern nach Rosen, wusstest du das?

In letzter Zeit gehe ich wieder nach draußen und genieße es, das Wetter auf meiner Haut zu spüren. Danach bin ich wie-

der hungrig, ich esse mehr. Die Kleider passen mir wieder, ich trage in diesen Tagen sogar mein schönes dunkelblaues Kleid, das ich besonders mag. Der Gürtel sitzt wieder auf den Hüften. Magda sagt, dass ich besser aussehe, sie sagt, meine Augenringe seien verschwunden und die Wangen sogar zartrosa. Ich sende dir Küsse, meine liebe Tochter.

Deine dich liebende Mama.

In jeder Minute, in der sich Virva ausruhen durfte und nicht arbeiten musste, dachte sie an ihre Mutter und an ihre Schwester. Sie überlegte, was ihre Mutter wohl tat, wie die große Zweizimmer-Wohnung mit der winzigen gelben Küche gleich neben der dunkelblauen Eingangstür, deren Türfalle sinnlos quietschte, heute wohl aussah. Ob die Apfelbäume vor dem Schlafzimmerfenster im Frühling immer noch so schöne weiße Blüten trugen? Ob die Mutter abends ihr geliebtes Weizenbier trank? Weshalb sie ihr wohl niemals auf ihre Briefe antwortete? War die letzte Arbeit von Mutter schuld daran?

Sie hatte damals in den Achtzigern unter Ceauşescu[5] in einem Waisenhaus für behinderte Kinder gearbeitet. Viele hilflose arme Wesen waren hierhin abgeschoben worden, wo sie hungerten und froren.

Ihre Mutter wollte die Waisenkinder retten, hatte sie gepflegt, mit ihnen gesprochen und gespielt. Doch das große Sterben im Winter bei minus 31 Grad konnte sie nicht verhindern. Was war das für ein eisigkalter Winter gewesen! Alle Flüsse und Seen froren zu, die Fenster waren weiß vom vielen Eis, man konnte nicht mehr nach draußen gehen.

Obwohl die Mutter Holz zum Heizen heranschleppte und gegen die Kälte ankämpfte, starben ihr die Kinder unter den Händen einfach weg.

«Wenn schon eine Diktatur, warum kann es dann nicht wenigstens ein fähiger Diktator sein, den man uns vorsetzt? Diese blödsinnigen Stalinisten ruinieren uns!», hatte ihre Mutter oft verbittert geschimpft und geflucht – über die Korruption und die Securitate, den rumänischen Geheimdienst, über die schreckliche Kälte in den Häusern und über die Eliteschulen, die man mit Naturalien bezahlen musste.

«Bei mir kämen die Kinder zuerst, nicht die Reichen. Zuerst die Kinder!», sagte die Mutter immer.

Sie hatte den Tod der vielen behinderten Kinder nie verwunden. Verwirrung und Enttäuschung folgten, und sie trauerte, schloss sich in ihr Zimmer ein, wurde ganz still.

Ihr Gesicht verfinsterte sich mit jedem weiteren Tag, auch ihr Gemüt verlor an Klarheit und wurde schemenhaft und unzugänglich, so dass die beiden Mädchen zu Hause die ganze Verantwortung übernehmen mussten.

Virva hielt das nicht mehr aus, obwohl sie sich so viel vorgenommen hatte, oder gerade deswegen. Sie wollte für ihre Mutter sorgen, sie wollte studieren, sie wollte heiraten und eine Familie gründen, sie wollte ein Leben führen ohne Traurigkeit, ohne Kälte und Hunger. Doch nichts davon gelang.

Virva spürte, dass sie schon längst gegen ihre Natur lebte, dass sie die Kraft nicht hatte, allem nachzukommen, was sie sich wünschte, und sie war eine große Enttäuschung für sich selbst.

Ob man sich selbst vergeben kann?, fragte sich Virva während der Pausen im Etablissement und drehte und wendete diese Frage in ihrem Kopf. Gibt es so was wie eine Liebe zu sich selbst, die größer ist als jede Enttäuschung?

Und dann zog sie den Brief aus der Tasche ihrer Trainingshose und blätterte ihn sorgfältig auf. Der Brief war zerfleddert und hatte kleine Löcher in den Falten, an der linken Ecke war er zerrissen. Es war ein Brief ihrer Schwester.

Hallo Virva,

danke für das Paket, aber wir brauchen diesen Mist nicht. Wir brauchen Geld. Was soll sie mit Handschuhen und Kosmetik?! Mama spricht nun überhaupt nicht mehr. Oft ist sie stumm wie ein Fisch, den ganzen Tag sitzt sie in ihrem roten Sessel am Fenster.

Ich brauche dringend Geld für neue Wäsche. Das Ersparte von Großpapas Erbe haben wir alles aufgebraucht.

Wenn ich abends nach der Arbeit nach Hause komme, muss ich sie duschen, so sehr schwitzt sie. Dann beginnt sie zu reden und erzählt wirres Zeug. Ich kann mir schon denken, wieso …

Du schuldest ihr noch eine Erklärung. Sie versteht nicht, dass du einfach weggegangen bist. Was denkst du dir eigentlich?! Soll ich mich auch einfach aus dem Staub machen?

Du kannst dir ja vorstellen, wie mich das alles belastet. Den ganzen Tag in der Fabrik, dann einkaufen, kochen, putzen, waschen. Und du? Lässt es dir gutgehen in der Schweiz! Fühlst dich nun als etwas Besseres als Studentin, oder etwa nicht? Sieht aus, als hättest du einen guten Job neben dem Studium gefunden. Du lässt es dir auf allen Ebenen gutgehen. So warst du schon immer.

Du kommst eben ganz nach Papa. Der will uns übrigens Geld nur noch gegen Schuldscheine ausleihen. Ganz nebenbei, er hat schon wieder eine neue Freundin. Mit diesem Versager will ich nichts mehr zu tun haben. Er hat Mama eine senile alte Frau genannt, und sie saß daneben. Aber ich habe ihm die Meinung gesagt, diesem Idioten.

Melde dich bald und schick uns Geld,

Magda

Virva liest traurig den Brief und faltet ihn wieder zusammen. Das Papier ist sehr dünn und fühlt sich warm an. Dann sitzt sie ganz still. Die Luft ist zum Schneiden dick und heiß, und Virva fröstelt ein wenig.

«Wie geht's eigentlich deiner Mutter?», fragt Evelyn und durchstößt mit ihrem Atem die Rauchringe, die sie produziert hat.

Virva weicht zurück, sie blickt aus dem Fenster.

«Bestens, alles bestens», gibt sie leise zur Antwort, und sie hofft, ihre Mutter würde dies hören, und die Worte würden sie in einen besseren Gesundheitszustand erheben, damit sie rasch wieder auf den Beinen wäre.

Bald werde ich sie besuchen, denkt Virva missmutig.

Aber dann fällt ihr wieder ein, dass sie ihre Mutter und die Schwester bei einem Besuch ja anlügen müsste.

Sie schämt sich für ihre Flucht in die Schweiz, für ihr Leben, das sie nun führt, für alles, was man ihr vorwirft oder auch nicht, und deshalb beschließt sie, ihre Familie in den nächsten Jahren nicht zu besuchen.

Bis alles anders ist.

Besser und vor allem heller.

Bis sie mit sich im Reinen ist, sanftmütig zu ihrem Innern. Sie gibt die Hoffnung nicht auf, dass diese Möglichkeit existiert.

Irgendwann, wenn ich stärker bin, denkt sie, stärker als in diesem Augenblick, muss ich mich um Mutter kümmern, und dabei werde ich nicht unglücklich sein.

Doch dieser Gedanke fühlt sich unehrlich an, sie spürt, wie sie sich dafür verachtet. Am liebsten wäre sie in diesem Augenblick wieder verschwunden, wie damals, als sie von zu Hause floh.

Irgendwohin will sie gehen und einen Ort finden, an dem es ein wenig einfacher ist als hier in der Schwarzen Perle, nicht so laut vielleicht.

Einen Ort, an dem sie sich unverletzt fühlen kann und echt. Einen Ort, an dem sie sich selbst nicht verabscheut für das, was sie tut, und an dem sie vor allem ungebunden ist.

Aber auch dort wird sie nicht lange bleiben, das weiß sie schon jetzt.

Kapitel 5

Der Enkel

Die Hausmutter Mata wickelt beiges Geschenkpapier um den kleinen orangefarbenen Spielzeug-Traktor, den sie für ihren Enkel gekauft hat, und fixiert die Konstruktion mit einem Klebstreifen. Danach wickelt sie sorgfältig ein blaues Band um das Paket.

«Am 25. Dezember könnte ich um 12 Uhr mittags bei euch sein», hatte sie gestern auf den mobilen Anrufbeantworter ihrer Tochter gesprochen.

Doch sie weiß, dass ihre Tochter Svenja sie nicht in ihr Haus einladen wird.

Nun schreibt sie mit kleinen Buchstaben den Namen ihres Enkels auf das Geschenkpapier: *Benjamin.* Mata läuft durch ihr Zimmer und schiebt ihre kleinen gläsernen Nippes-Engel auf der Fensterbank zurecht. Die Lichter der Straße reißen den Schatten in ihrem Zimmer auf.

Als sie vor fünf Jahren ihre Arbeit in der roten Meile begann, hatten im Haus ein raues Klima und Unordnung geherrscht. Die Zimmer der Frauen waren schlecht gepflegt gewesen, dazu unaufgeräumt, und überall lagen gebrauchte Handtücher herum.

Auch im Salon war das Chaos nicht zu übersehen gewesen, und Mata hatte sich vorgenommen, die nötigen Änderungen eigenhändig in Angriff zu nehmen.

Sie begann sich um die Wäsche zu kümmern, hängte Vorhänge an die Fenster und füllte den Kühlschrank mit frischen Lebensmitteln. Auf dem kleinen Küchentisch stellte sie frisches Obst bereit, und in den Vorratsschrank legte sie ein paar Päckchen Gebäck für die Frauen.

Art, dem Herrn des Hauses, verbot sie, sich an den Lebensmitteln zu schaffen zu machen, und wenn Kunden Hunger hatten, verwies sie sie an den Würstchenstand an der Ecke zur Langstraße. «Alles andere ist Verschwendung», sagte sie zu den Frauen. Sie stellte eine Putzfrau ein, die einmal pro Woche das ganze Haus reinigte, so dass es nach Zitronen duftete. Mata bestand darauf, dass dabei auch die Duschen und Toiletten desinfiziert wurden.

Sie sagte zur Putzfrau: «Hier in den Ecken gibt es noch Schmutz. Und da, hinter dem Wasserhahn, sieht man den Kalk, sehen Sie, hier. Nehmen Sie dieses Putzmittel. Es löst den Kalk, und es riecht gut, sparen Sie nicht damit. Sauberkeit muss man riechen.»

Und dann ging sie die lange, steile Treppe hoch und zeigte ihr die Wandschränke der Frauen, in denen sich frische Handtücher türmten. «Legen Sie die Handtücher genau so zusammen, damit ich sie gut verstauen kann, und vergessen Sie nicht, die großen Spiegel und die Fenster hier in den oberen Zimmern zu reinigen.»

Willig nickte die Putzfrau, denn Mata bezahlte ihr ein stattliches Gehalt, und wenn sie, müde von der Arbeit, das Haus verließ, dann legte ihr Mata aus Dankbarkeit noch einmal fünf Franken in die Hand, denn ein sauberes Haus machte Mata glücklich.

Mittags kochte Mata für die Frauen eine einfache Suppe mit Schwarzbrot, das sie jeden Tag frisch in der Bäckerei kaufte.

Die Frauen mochten sie, weil sie sich ernsthaft um ihr Wohl kümmerte, und wenn sie abends um acht Uhr ein großes Mahl mit frischem Gemüse, Reis und Hühnchen zubereitete, verschlangen es alle sieben mit Genuss.

Es gab schon einige Male Zerwürfnisse mit Art, dem Hausherrn, weil die Alltagskosten seiner Meinung nach zu hoch waren. Doch Mata scheute die Auseinandersetzung nicht, sie konnte auch schon mal laut werden: «Wenn du willst, dass deine Frauen ordentlich arbeiten, dann behandle sie auch ordentlich!»

«Zweimal am Tag zu essen, das reicht. Willst du, dass sie dick werden?», gab er zischend zur Antwort.

«Schau sie dir an, sie sind schlank wie Elfen. Was willst du eigentlich? Noch mehr Geld machen? Wozu brauchst du so viel Geld? Hast du noch nicht genug? Hast du noch keine Villa, keinen Luxuswagen, kein überteuertes Smartphone? Lass uns in Ruhe, und geh mir aus dem Weg!»

«Du bist ein Scheusal! Du wartest ja nur darauf, hier alles übernehmen zu können. Wir sprechen uns noch!», schrie Art und zog frustriert ab, weil er keine Möglichkeit sah, sich durchzusetzen.

Außerdem hatte er alle Frauen im Haus gegen sich, wenn er Mata wütend machte, und das wollte er vermeiden. Mata wurde von den Frauen geachtet, und niemand, außer Art, hätte ein schlechtes Wort über sie gesagt.

Sie war eine Frau mit starken Grundsätzen, hielt nichts von langen Reden, sondern war überzeugt, das Leben durch Taten bestimmen und in die eigenen Hände nehmen zu müssen.

Im Haus sorgte sie für genügend Licht und frische Luft, und sie hasste das Geplapper am Radio, weil ihrer Meinung nach Geplapper im Radio immer wichtigtuerisch klang und Wichtigtuer einen krank machten. Deshalb schaltete sie die Radiosender *Swiss Jazz* oder *Swiss Classic* ein, auf denen ausschließlich Musik lief.

Im Haus stellte sie auf die Fensterbänke und auf den Salontisch Duftstäbchen mit Zitronengras-Aroma, welche die dumpfen Körpergerüche während der Arbeit überdecken und im Schach halten sollten.

Matas strenge Vorschriften und ihr Ordnungssinn gaben den wurzellosen Frauen Sicherheit und Halt, und darauf war Mata stolz.

Mata wohnte in ihrer eigenen Wohnung abseits der Langstraße, zehn Fahrradminuten entfernt von ihrer Arbeitsstelle. Sie genoss es, ihr kleines, wohlriechendes, mit Büchern vollgestopftes Zweizimmer-Reich zu bewirtschaften, frische Blumen auf den Tisch zu stellen und die Vorhänge zu waschen.

Sie las jeden Tag, was ihr zwischen die Finger kam. Sie schlussfolgerte aus den Texten, die sie las, und schrieb alles in ein kleines Notizbuch, das sie immer bei sich trug und niemandem zum Lesen gab.

Und wenn sie sich ab und zu besonders wertvolle

Sätze aus einem Buch gemerkt hatte, dann konnte es vorkommen, dass sie sie in unpassenden Momenten und ohne jeden Zusammenhang zum aktuellen Gespräch zitierte. Dann sagte sie Dinge, die die Frauen erstaunen ließen. Zum Beispiel: «Und es schweifen leise Schauer wetterleuchtend durch die Brust.» Oder etwas Ähnliches.

In Gedanken war Mata oft bei ihrer Tochter und dem Enkel, den sie über alles liebte. Davon hätte sie im Haus aber niemandem etwas erzählt. Ihre Angelegenheiten gingen nur sie etwas an, fand sie.

Sie hob oft den Kopf, blickte aus dem Fenster zum Himmel, weil sie Tageslicht mochte, und sagte sich, dass alles, was geschieht, irgendeinen Sinn ergibt. Dass die Zeit, in der man über sein Leben nachdenkt, verschwendete Minuten sind, weil es im Großen und Ganzen schon irgendeinen wesentlichen Zusammenhang geben musste. Egal, welchen.

Es gibt einen, sagt sie sich.

Und dann ist die Stille in ihrem kleinen Büro in der Schwarzen Perle so tief, dass sie in sich zusammensackt und einen Augenblick ganz bei sich sein kann. Mata ist dankbar für solche Momente. Je älter sie wird, desto öfter sehnt sie sich nach Minuten des Alleinseins, und dann ist es fast so, als ob ihr die Einsamkeit etwas mitteilen will.

Jetzt, zur Weihnachtszeit, denkt sie oftmals über das Buch *Jane Eyre* von Charlotte Brontë nach, in dem diese über das Leben eines Waisenkindes schrieb. Es macht Mata unendlich traurig, dass ein Kind in einem Internat Schläge bekam und stundenlang auf einem Stuhl stehen musste. Das Waisenkind in der Geschichte wurde von einem strengen christlichen Lehrer «böses Mädchen» genannt. Für Mata ist diese Benennung beinahe das Schlimmste. Wie kann gemäß diesem Lehrer ein Kind in der Hölle schmoren, wenn es nicht einmal den Unterschied zwischen Gut und Böse kennt?, überlegt sie. Die Liebe, so versteht es Mata, ist doch *vor* der Strafe da. Daran glaubt sie unerschütterlich.

Einmal hatte Benjamin, ihr kleiner Enkel, gefragt, wozu Gott denn das Böse brauche, wenn er doch nur das Gute wolle. Mata fand keine Antwort auf die Frage, auch ihre Bücher konnten ihr die Antwort nicht geben, obwohl sie Stunden mit Nachdenken und Sinnieren zubrachte.

Doch bald hatte sie eine Antwort gefunden, sie blitzte auf, als sie eines Morgens in ihrem Bett aufwachte. «Ein Stern leuchtet nicht ohne Dunkelheit», sagte sie leise in ihrem Schlafzimmer und wollte sogleich ihren Enkel Benjamin davon unterrichten. Doch zu dem Zeitpunkt hatte ihre Tochter den Kontakt zu ihr bereits abgebrochen.

Mata steht in ihrem kleinen Büro und blickt auf den aufgeräumten Schreibtisch. Hier herrscht penible Ordnung, ein blaues Kassenbuch, ein schwarzer Füllfederhalter mit silbernem Metallring, ein Smartphone mit rosa Schutzhülle, starke Menthol-Pastillen, Bleistifte in einer bunt bemalten Blechbüchse, ein weißer Weihnachtsstern.

An der Wand hängt ein Porträtfoto ihrer Tochter in einem goldenen Plastikrahmen. Sie ist blond und trägt das Haar straff zusammengebunden. Ihr Lachen ist schön und frei, und die rechte Hand liegt auf ihrer linken Schulter. Der Hintergrund, der kaum auszumachen ist, erstrahlt in einem stechenden Hellgrün, das in ein warmes Gelb hineinschwebt.

Daneben hängt ein kleineres Porträt ihres Enkels Benjamin in einem Holzrahmen. Er trägt einen Kinderanzug, eine Krawatte und hält einen kleinen braunen Bären fest ans Herz gedrückt. Sein Blick wirkt überrascht, sein Mund steht leicht offen, als wolle er dem Fotografen etwas mitteilen.

Das blaue Kassenbuch, in das sie jeden Tag sorgfältig die Einnahmen einträgt, liegt offen. Linie für Linie, Betrag für Betrag. 80, 80, 120, 150 Franken. Ordentlich aufgeführt, manchmal mit kleinen Bemerkungen versehen, mit Namen von Kunden, mit Sonderpreisen für behinderte Männer zum Beispiel.

Was sollte sie denn tun, um ihren Enkel wiederzusehen? Sie könnte ihrer Tochter sagen: «Als ich hier anfing, waren die Frauen krank und konnten nicht einmal den Arzt aufsuchen.» Oder: «Wenn ich nicht hier wäre, würde es den Frauen schlechter gehen.»

Vielleicht wäre auch das eine Erklärung, die sie ihrer Tochter mitteilen könnte: «Ich weiß, dass sie in der Prostitution leben, aber ich helfe ihnen, dies in Würde zu tun.»

Mata denkt wieder an die Worte, die ihre Tochter gesagt hat: «Was du tust ... es ist eine Sünde, Mutter. Prostitution ist eine Sünde, und du arbeitest mit solchen Frauen.»

«Aber es geht doch den Frauen besser durch mich», gab Mata zur Antwort.

«Solange du nicht einsiehst, was du in diesem Haus

tust, zwingst du mich, den Kontakt abzubrechen», schrie ihre Tochter in Matas kleiner Wohnung und nahm Benjamin an die Hand.

Mata ließ den Kopf hängen.

«Ich sorge doch dafür, dass es ihnen gut geht!»

«Aber ihr sperrt die Frauen ein, nehmt ihnen die Pässe weg, setzt sie unter finanziellen Druck, lasst ihnen keine Freiheiten mehr. Was ist daran bitte gut?», schrie ihre Tochter erneut, und dann schlug sie die Tür hinter sich und Benjamin zu.

Das hatte wehgetan.

Seit ich hier arbeite, geht es den Frauen besser, wiederholt Mata in ihrem Innern.

Sie hebt ihren Blick und schaut zum Fenster. Sie sieht die Gitterstäbe vor dem Fenster, die sie nicht mag. Ihre schmale Gestalt blickt traurig auf die Straße, die immer dunkler zu werden scheint. Mit leiser Stimme sagt sie: «So was kann doch jedem passieren. Jeder kann fallen. Ich verurteile diese Frauen hier nicht …»

An die vielen Meinungsverschiedenheiten mit ihrer Tochter erinnert sie sich mit einem Gefühl der Ratlosigkeit. Wie ein alter Film blättert ihr Gedächtnis forschend die Bilder auf, die sie eigentlich die meiste Zeit zu verdrängen versucht.

Plötzlich weicht Mata vom Fenster zurück, als wolle sie sich vor den Erinnerungen verbergen.

Jetzt hört sie sich selbst sprechen. Zu ihrer abwesenden Tochter sagt sie: «Lass mich doch nur *ein Mal* mit Benjamin in den Park gehen. Weißt du noch, wie viel Spaß wir letztes Mal hatten? Schmutz schadet keinem Kind. Kinder müssen spielen.»

Sie hat sich damals um lachende Gesichtszüge bemüht, die ihr aber entglitten. Bekümmert erinnert sie sich an das Gesicht ihrer Tochter, als diese bitter zur Antwort gab: «Mutter, ich will nicht, dass du Benjamin wiedersiehst. Ich sage es dir jetzt noch einmal. Du arbeitest in einem Bordell, Mutter.»

Jede freie Stunde verbrachte Mata seitdem damit, über diese Worte nachzudenken. Sie konnte es drehen und wenden, wie sie wollte, immer fühlte sie sich von ihrer Tochter ungerecht behandelt.

Bin ich ein Monster?, fragte sie sich. Kann man Dinge wiedergutmachen, auch wenn man findet, dass man selbst im Recht ist?, überlegte sie.

Jetzt schreibt sie in ihr Buch. Es ist so viel zu erklären, so viel zu sagen. Weshalb kann man nicht geradeheraus sprechen? Aber hilft das denn?

Bruchstücke von Gedanken und Ideen sprudeln aus

ihr heraus, sie schreibt schnell und unkontrolliert, streicht einen Gedanken, fügt einen neuen an.

Bringt uns eine Aussprache überhaupt weiter? Wenn es wirklich ein großes Ganzes gibt, denkt sie, ist dann eine Auseinandersetzung nicht umsonst? Vielleicht ergeht es mir ja auch wie dem Mädchen Jane Eyre in Charlotte Brontës Roman? Es folgt seiner Intuition und erfährt am Ende Gerechtigkeit …

Doch jetzt wird Mata mürrisch, sie wirft ihren Bleistift durch das Zimmer, schämt sich für ihre törichten Gedanken, für ihre Laienhaftigkeit und für ihr dummes Geschreibsel.

«Was verstehst ausgerechnet *du* von Gerechtigkeit?», flüstert sie.

Gerne würde sie jetzt aus ihrem Leben schlüpfen, würde tauschen mit jemand anderem, der ihre Gedanken richtig hätte einordnen können, in einen vollständigen Zusammenhang hätte bringen können, Gedanken über Recht und Unrecht.

Einen Verstand wünscht sie sich in diesem Augenblick wie den einer Gelehrten. Vielleicht fände sie dann eine Antwort auf ihre vielen bohrenden Fragen. Und sie könnte sich vielleicht eine Antwort bereitlegen für ihre Tochter.

Etwas später entdeckt sie auf der Straße zwei Frauen im Schatten der Häuser entlanggehen. Sie tragen sonderbare Hüte. Eine geht auf den Typen mit dem Hund zu, reicht ihm die Hand, spricht mit ihm. Die Heilsarmee-Offizierin streichelt den Hund und reicht dem Mann ein heißes Getränk. Die andere Offizierin nutzt die Gelegenheit, um zu telefonieren.

«Benjamin braucht Kinder, die mit ihm spielen. Er darf nicht so allein sein. Er soll in eine Spielgruppe gehen, dort Kinder kennenlernen. Er ist doch so allein», sagt Mata zur Fensterscheibe.

Doch wie soll sie das ihrer Tochter mitteilen, wenn sie nicht mehr miteinander sprechen? Sie kann nicht einfach bei ihr vorbeigehen, anklopfen und eintreten. Das hat sie letzte Weihnachten versucht, aber ihr wurde der Zutritt zur Wohnung verwehrt.

«Bring erst dein Leben in Ordnung, Mutter», hatte Svenja ihr auf der Türschwelle zugezischt.

Ich hätte ihr nichts von meiner neuen Arbeit erzählen sollen, denkt Mata betrübt. Sie darf nicht wählerisch sein, hat doch eine Arbeit finden *müssen!* Und zu Anfang hat sie es hier auch geliebt.

Sie kümmerte sich um die jungen Frauen im Haus. Sie entschied, wer ins Haus eintreten durfte und wer draußen bleiben musste … Im Notfall kam ihr ein Freund des Zuhälters zu Hilfe, der die Nächte im Haus verbrachte und in einem kleinen sauberen Zimmer hinter der Küche schlief.

In diesem Augenblick sieht Mata, wie die junge Offizierin dem Mann an der Ecke über den Arm fährt und ihn anlacht. Dann schenkt sie ihm etwas und reicht ihm ihre Hand.

Und nun spürt Mata ein tiefes Unbehagen, und sie blickt erwartungsvoll auf ihr leuchtendes Mobiltelefon, das keine Nachricht für sie bereithält und das nun, in dieser Sekunde, in den dunklen Standby-Modus schaltet. Alles erliegt in diesem Raum der Dunkelheit, während in Mata eine tiefe Bitterkeit wächst, und ganz unvermittelt bricht es aus ihr heraus: «Auf uns spucken sie, aber *Christen* nennen sie sich.»

Die Linien der Häuser-Silhouetten in der Straße liegen nun höher, alle Farben sind dunkelblau getüncht, und der Schnee drängt sich in alle Ritzen der Häuser und Wagen. Vereinzelt ist das Licht der Fenster nur noch als Tupfer erkennbar.

Die zwei Frauen klopfen an die Tür der Schwarzen

Perle. Ihre Finger sind steif, und die Atemluft schiebt sich langsam vor ihnen her.

«Was wollt ihr?», fragt Mata hinter verschlossener Tür.

«Wir wollen euch besuchen. Wir haben was zu essen, gute Worte und Bibeln für euch.»

«Wir haben schon gegessen. Und eure Bibeln brauchen wir nicht. Wir sind hier auch ohne Bibel zufrieden.»

«Es gibt keinen Grund, die Tür nicht zu öffnen. Wir belästigen euch nicht, möchten nur sehen, wie es euch geht.»

«Niemand von uns ist krank. Kein Grund also, hier einzutreten.»

«Wir sind keine Krankenschwestern, wir bringen die Gute Nachricht.»

«Nachrichten? Wozu brauchen wir Nachrichten? Die Welt ist, wie sie ist. Man kann sie nicht ändern. Verschwindet. Hier gibt es nichts für euch zu tun.»

«Es ist Weihnachten. Wir möchten euch gerne Geschenke bringen. Dürfen wir euch nächste Woche etwas bringen?»

Mata legt den Kopf an die Tür. Das Geschenk für Benjamin liegt bereit, aber ihre Tochter schuldet ihr noch eine Antwort.

«Ich kann nicht mehr», sagt sie plötzlich leise zu sich selbst.

Sie legt die Hand an ihre Stirn und saugt tief die dumpfe, aber kühle Luft in ihre Lungen.

«Dürfen wir eintreten?», fragt Niki, während ihre Hand die Tür berührt.

Nein!, schreit es in Mata. Ihr dürft nicht!

Der Zuhälter würde ihr den Hals umdrehen, wenn sie die Heilsarmee-Frauen hereinließe.

«Kommt nicht wieder», hört sie sich sagen und schweigt für einen Augenblick. «Verschwindet endlich, es ist gefährlich hier!», sagt sie warnend, und in ihrem Innern rebelliert es.

Ihre Worte hingegen dringen nur leise durch die Tür zur anderen Seite.

Mata nimmt große Schritte, um in ihr Zimmer zu gelangen. Dann stellt sie sich vorsichtig spähend ans Fenster, um die um Eintritt Bittenden zu beobachten, während sie leise versucht, wieder zu Atem zu kommen.

Das Licht auf der Straße ist so schwach, dass niemand die Enttäuschung auf Nikis Gesicht sieht. In der Nähe zischen kurz zwei, drei Autos vorbei und werfen Lichtkegel an die Wände. Ein lautes hämisches Lachen dringt aus irgendeinem offenen Fenster.

Niki lässt den Kopf hängen. Sie spürt, wie ihre Lebensgeister schwinden.

Was willst du eigentlich?, fragt sie sich. Das Böse besiegen?

In diesem Augenblick kommt ihr die Gute Nachricht des Evangeliums wie eine schwere Last vor, die sie an dicke Wände heranträgt.

Es ist völlig sinnlos, sagt sie sich verzweifelt. Alles vollkommen sinnlos! Lächerlich!

Sie reißt wütend eine Bibel aus dem Korb und wirft sie, so weit sie kann, von sich weg, hinein in die Dunkelheit.

Betroffen schaut ihre Kollegin zu. Dann legt Heidi ihr sanft die Hand auf die Schulter.

Warum bist du nicht klug genug gewesen, zu Hause zu bleiben? Weshalb tust du das dir und den Menschen überhaupt an? Diese Leute haben gewählt. Sie haben sich entschieden. Was tust du hier? Willst du wie ein Doktor ihre Herzen abhören und sie schließlich dazu bringen, eine Medizin einzunehmen, die sie gar nicht brauchen und erst recht nicht wollen?, überlegt Niki wütend. Was für eine Anmaßung! Das bringt doch alles nichts, sagt sie sich, und die Wut flutet ihren ganzen Körper.

Aus einigen Fenstern strömt rotes oder gelbes Licht. Hinter manchen Vorhängen stehen Frauen, die Augen auf das Dunkel der Straße gerichtet.

Am Anfang ihrer Arbeit im Team Rahab hatte Niki diese Nächte geliebt: die Wanderungen an den bunten, vernachlässigten und kahlen Häuserreihen entlang, im Rhythmus südamerikanischer Musik, mit einer spürbaren Gefahr im Nacken. Die Adrenalinstöße, die Aufregung, wenn ein Mädchen Hilfe verlangte, stets neue Begegnungen, verschiedene Ausgangslagen, Freundschaften, die ihr jedes Mal viel bedeuteten.

Sie kannte die unruhige Anspannung der Frauen, die auf einen Freier warteten, sehr gut. Sie hatte sich mit der Zeit angewöhnt, immer mindestens einen Meter Abstand zu halten, um nicht aufdringlich zu wirken, wenn sie von den Zuhältern beobachtet wurden.

Die Frauen trugen ihre Handys immer in der Hand, um keine Nachricht von Freiern oder Zuhältern zu verpassen. Nicht selten kam es vor, dass die Frauen Niki bei heißem Tee und Kuchenstücken ihr Herz ausschütteten. Sie erzählten dann das, was sie gerade am meisten beschäftigte. Darunter befanden sich allerlei komplizierte Probleme, die sich wie ein Fangnetz über die Frauen spannten.

Sie begannen mit oberflächlichen Dingen: die unverschämte Kälte auf der Straße, die enge, dünne und deshalb nutzlose Kleidung, die gegen Wind und Wetter kaum Widerstand leistete. Etliche Male ereiferten sie sich während des Erzählens, lästerten über Freier, über Zuhälter, über die strenge Polizei, gestikulierten empört, weinten und traten auch schon mal aufgelöst gegen die Hauswand.

Am Ende aber, wenn die Wogen sich glätteten und der Ton leiser und besorgter wurde, blieben sie bei ihrer Familie hängen. Dann erzählten sie vom Geburtstag ihrer Kinder, den sie wieder einmal verpassten, von der alten, gebrechlichen Mutter, die sich um den Nachwuchs kümmerte. Stets ging es um dieselben Themen: Heimweh, Sehnsucht, Liebe.

Niki bemerkte bald, dass die Frauen viel mehr erzählen wollten, als sie durften. Hin und wieder spürte sie ihren Respekt vor der dunklen Wahrheit. Niki wollte gar nicht alles wissen, was im Leben dieser Frauen geschehen war, was genau ihr ursprüngliches Leben verschüttet hatte.

Bereits seit einigen Monaten plagten sie die gehörten Geschichten, und sie hasste sich dafür.

Was willst du denn eigentlich hier, wenn es dich nicht interessiert?, fragte sie sich oft auf dem Heimweg von Einsätzen, wenn nach ihren Besuchen bei den Frauen die Geschichten zu Bildern wurden, scharfkantig und in allen möglichen Farbfacetten, lästig und anstrengend.

Niki biss manchmal die Zähne zusammen, um auf der Straße mitten in den frisch gewaschenen Menschenmassen, die zur Arbeit fuhren, nicht heulen zu müssen. Sie steckte die Fäuste in ihre Jackentaschen und ging, den Kopf zwischen den Schultern eingezogen, schnell nach Hause.

«Ich gebe auf!», sagt sie nun tieftraurig zu Heidi.

«Du brauchst Geduld», erwidert Heidi in mütterlichem Ton.

«Geduld? Ich habe Geduld bewiesen, das weißt du. Ich habe monatelang gewartet, Heidi. Hier passiert *nichts*, und mein Mann sitzt wütend zu Hause! Ich weiß nicht mal, ob er noch da ist. Ich habe ihn für das hier alleingelassen. Wann hat Gott eigentlich einmal Verständnis für *meine* Angelegenheiten?», braust sie auf.

Ganz deutlich stehen Heidi die Fragezeichen ins Gesicht geschrieben.

Auf der Straße ist nur das matte Zuschlagen von Autotüren zu hören, eine helle Frauenstimme. Eine Krankenwagensirene in der Langstraße zerreißt die schwarze Nacht mit hellblauen Blitzen und aufdringlichem Kreischen.

Niki legt sich nun noch zorniger mit Heidi an: «Seit Monaten geschieht hier absolut nichts! Ist das vielleicht in seinem Sinne?!»

Sie schweigen beide, brodeln innerlich, feurig macht sich Unzufriedenheit zwischen ihnen breit.

«Was willst du eigentlich?», gibt nun Heidi zur Antwort.

Auch sie ist jetzt aufgewühlt, ihre Stimme zittert ein wenig, und sie atmet schnell:

«Willst du Ergebnisse auf dem Silbertablett präsentieren? Hier, schau her, diese Afrikanerin hat es geschafft, dank *meiner* Hilfe! Und diese Rumänin ist ausgestiegen, sie ist nach Hause gefahren zu ihrer Familie, weil *ich* zur rechten Zeit am richtigen Ort war!»

Niki wendet sich ab, sie hat keine Lust auf Streitereien, deshalb tappt sie verlegen mit dem Schuh im Schnee, schiebt ihn zur Seite, so dass sie den nackten

Asphalt sehen kann. Sie schippt mit dem Fuß den Schnee zur Seite, dann steht sie plötzlich wie festgewurzelt da.

«Hier geht es nicht um Trophäen und Erfolge, Niki, es geht in erster Linie um Freundschaft, Vertrauen und manchmal sogar um Trost», sagt Heidi aufgewühlt.

Heidi behält wieder einmal Recht, denkt Niki gekränkt. Natürlich geht es darum, aber eben auch um Erfolge.

Sie spürt ganz deutlich ihre Absichten hinter dem Ganzen. Wenn die Erfolge fehlen, dann verblasst ihre gesamte fürsorgliche Arbeit in der roten Meile, dann kommt die Mutlosigkeit. Der Antrieb schwindet, alles wird unerfreulich und reizlos.

Niki überfällt plötzlich eine Traurigkeit, die sie bisher nicht an sich kannte.

Am Anfang begann ich als Frau der Tat, denkt sie betrübt, ohne Angst vor den Widrigkeiten der Straße. Nun bin ich nur noch ein mutloser Schatten, der verbittert auf irgendein Zeichen hofft. Und was nun?

Sie geht langsam ein paar Schritte auf die Bibel zu, die sie wutschnaubend in den Schnee geworfen hat, und atmet tief die kalte Luft ein, um sich zu beruhigen.

Matas Augen zeigen ein ruhiges Erstaunen, während sie die Szene von ihrem Zimmer aus betrachtet. Plötzlich spürt sie ein Gefühl von Bedauern und Nachsicht. Es scheint ihr, als wähne sie sich in einer ähnlichen Lage wie diese Frau da unten, die mit jedem spricht und plötzlich verzweifelt schimpft. Die ohnmächtige und aussichtslose Situation der Frau da draußen ist – wie ihr scheint – ihrer eigenen gar nicht so unähnlich.

Es hat wieder stärker zu schneien begonnen. Die Bäume schlagen mit ihren Zweigen gegen den Wind an und schütteln den Schnee von den Ästen. Nur das leise Heulen der Böen ist zu hören, die sich rau um die Häuser legen.

Genau in dem Moment biegt jemand um die Ecke und bleibt erstaunt vor dem Buch, das im Schnee liegt, stehen.

Kapitel 6

Perfektion

Peter Hotz legt eine Jazz-Schallplatte auf. Die Musik erfüllt augenblicklich das Wohnzimmer, in dem ein großes weißes Sofa steht. Das gerahmte Foto eines Katers steht auf dem Beistelltisch.

Peter lebt in einem Mehrfamilienhaus im Zürcher Stadtteil *Kreis 5*, in einem schönen alten Jugendstilhaus, dessen Fassade hellgrün ist.

Peter Hotz war vor einigen Jahren vergesslich geworden. Er wusste nicht mehr, wann genau es begonnen hatte.

Vergesslichkeit hatte Konsequenzen in seinem Beruf als Biologielehrer. In der Kantonsschule, seinem alten Arbeitsort, hatte er vergessen, Prüfungen an angekündigten Prüfungsterminen vorzulegen. Auch die evolutionäre Klassifikation war ihm abhandengekommen.

Familie, Reich, Klasse, Stamm, Ordnung, Gattung … Er konnte sie beim besten Willen nicht mehr in die richtige Rangordnung bringen.

In einer solchen Unterrichtsstunde putzte er sich dann die Brillengläser und versuchte seine klugen Schüler mit Anekdoten über Aristoteles abzulenken.

Allerdings hätte er nicht damit gerechnet, dass es gerade die mit Abstand schärfsten Denker seiner Klasse sein würden – zwei Mädchen nämlich, die er besonders gefördert hatte –, die ihn schließlich beim Rektor gnadenlos bloßstellen würden.

Was sie gesagt hatten, hatte ihn sehr getroffen: Es sei unzulässig, dass ein alter Mann wie Peter Hotz noch unterrichte. Dies entspräche nicht ihren Erwartungen als Gymnasiasten. Sie hätten kein Interesse, einen alten Mann zu beaufsichtigen, sagten sie im Büro des Rektors.

Obwohl der Rektor die Worte der Schülerinnen noch etwas entschärft hatte, teilte er sie seinem alten Freund und Kollegen geradeheraus mit.

In diesem Augenblick hatte Peter geradezu körperlich gespürt, wie in seiner Brust etwas zersprang. Als Wissenschaftler konnte er es zuerst nicht benennen, denn seine Gesundheit war – jetzt mal abgesehen von seiner Vergesslichkeit – einwandfrei gewesen, aber als Mensch hatte er für dieses sonderbare Gefühl in der Brust dann viel später die für ihn passenden Worte gefunden.

Er gab ihm den Namen *pneuma rima* (Atemriss), und er war nicht unglücklich darüber, einen Namen für ein körperliches Phänomen gefunden zu haben – obgleich er leider keinen Beweis für dessen Existenz hatte.

Peter Hotz musste zu seiner Enttäuschung zugeben, dass er die Entlassung als Biologielehrer zum Teil selbst ausgelöst hatte. Es hatte ja zwangsläufig so kommen müssen. Als Wissenschaftler musste er seine Entlassung als Teil einer natürlichen Selektion nach Darwin anerkennen.

Die Vergesslichen müssen gehen, wenn die Klugen klüger werden, sagte er sich.

Der Fortschritt hinterlässt eben Opfer, unterstrich der Rektor Peters These bei einem privaten Mittagessen in der Kantine mit Wurst und Sauerkraut.

Das Schlimmste aber, was ihm in der Zeit des Abschieds von seinem Kollegium zugestoßen war, waren die perfekten Lebensentwürfe der Menschen, die ihm nun mitleidig die Hand schüttelten; Menschen, die er vor Jahren noch für ihre junge Unbedarftheit verachtet hatte.

Es waren die dicken, übervollen Agenden, die offen auf dem Lehrertisch lagen, und die gestressten, aber selbstbewussten Gesichter der jungen Lehrer, die sich über ihre Schützlinge in der Schule ärgerten. Es waren ihr nebenbei erwähnter Familienzuwachs, die leisen Hypothekengespräche über einen Hauskauf auf dem Land und die akribisch geplanten Ferien in Apulien, meist mit irgendwelchen nahen Freunden.

Wie eine sich wiederholende Grausamkeit plagte ihn der Gedanke, diesen Plänen nicht länger anzugehören, kein Teil mehr davon sein zu können, weder in der Schule noch bei den Kollegen.

Und dann kam die große Wut. Das immerwährende Mitleid, die Nachsicht und eine gewisse Ironie in jedem Abschiedsgespräch mit Lehrerkollegen; Peter begann das alles gründlich zu verabscheuen.

«Nun kannst du deine Hobbys weiterverfolgen. Das Fischen, das Zeichnen, das Kino! Was für ein Glück», sprühte es aus den Kollegen heraus, obwohl sie wussten, dass Peter für den Beruf und der Beruf für ihn gelebt hatte.

Dann flüchtete Peter, zog die Tür des Lehrerzimmers hinter sich so leise wie möglich zu, obwohl er sie gerne zugeschlagen hätte, und flüchtete eilig zur Toilette, in der er sich für die Pausenminuten einschloss.

Immer wieder musste er in solchen Augenblicken an seinen Großvater denken. Die schimpfend hervorgebrachte Aussage des weitsichtigen Musikkenners und Übersetzers begann er nun zu begreifen: «Wenn ich etwas hasse, dann sind es die perfekten Musiker, die die schönen Stücke wie einen Porsche polieren», sagte er. «Diebe an der Wirklichkeit! Musik ist Kunst, nicht Perfektion.»

Während Peter, den Kopf in die Hände stützend, auf der geschlossenen Toilette saß, wurde er unglücklich darüber, dass sein bisheriges Leben von gerade dieser Perfektion geprägt gewesen war. Und plötzlich wusste er in seinem Herzen, dass sein ungewöhnliches Streben nach mustergültigen Idealen den Menschen in seinem Leben nur in seltenen Fällen eine Hilfe gewesen war. Und jetzt schämte er sich dafür.

Lange saß er reglos auf der Toilette und fragte sich, wohin ihn das Leben eigentlich getrieben hatte. Eine Idee hatte die nächste erfasst: Gymnasium, Studium, Lehramt und danach immer nur Schule.

Eines Tages, dachte Peter, werden sich die Menschen fragen, weshalb sie eigentlich so lange zur Schule gehen, wenn sie in dieser Einrichtung nur so wenig über die Wirklichkeit lernen. Was lernen sie über Entscheidungen, Beziehungen, Selbstwahrnehmung, über Gemeinschaft und Einsamkeit, über den Respekt vor dem Leben von anderen Menschen und von Tieren?

Am liebsten wäre Peter aufgesprungen und hätte sein Leben innert Stunden in Ordnung gebracht, sich bei den mittlerweile erwachsen gewordenen Schülerinnen und Schülern entschuldigt, denen er die Promotion durch ungerechtfertigte oder zumindest diskutable Punktabzüge vereitelt hatte. Und bei den Eltern, die er – stolz über sich selbst – mit Weisheiten über ihren ungenügend lernenden Nachwuchs eingedeckt hatte.

In den Augen der Lehrer sehen ihre Schüler alle gleich aus, doch die Wirklichkeit ist anders, dachte Peter. Jedes Kind unterscheidet sich vom anderen, das sagen uns die großen Biologen. Jedes Lebewesen ist ein Individuum. Wie können wir dann in der Schule von allen ein und dasselbe erwarten?

Endlich schloss Peter seine Augen, damit er nicht weinen musste. Was, dachte er, wenn diese Schüler mir meine pädagogische Anstrengung nicht danken, sondern zurückkommen und auf irgendeine Weise Rechenschaft fordern? Was, wenn …

Diese Gedanken hatte er aber schnell wieder vergessen, genauso wie er die vielen Prüfungen über das «Wasserkraftwerk Pflanze», über Amphibien und über das Innenohr vergessen hatte. Selbst *dass* er die Prüfungen vergessen hatte, vergaß er.

Deshalb fühlte er sich nach zwei Wochen in Frührente unfair behandelt von Rektor, Schule und der gesamten Gesellschaft. Schließlich hatte er als studierter Wissenschaftler der Gemeinschaft viel zu geben, und dieses Wissen war nun von einem Tag auf den anderen eingefroren worden.

Unverschämt fand Peter das, auch wenn er die Theorie Darwins niemals anzweifeln würde. Allerdings wurde Peter in seiner erzwungenen Pensionierung gewahr, dass die Evolution sich für die Gefühlswelt der Lebewesen nicht im Geringsten interessierte.

Seine eigene Gefühlswelt holte ihn mit einer leisen Wucht ein, und er musste damit irgendwie zurechtkommen. Denn zur selben Zeit war sein Kater Tom krank geworden.

Tom war ein dicker, freundlicher Kater gewesen, der sich überall einschmeichelte, ständig um die Leute herumstrich und alle Aufmerksamkeit auf sich zog, weil er in der Nachbarschaft um Futter bettelte. Das viele Katzenfutter – Delikatessen mit Huhn, Rind, Lachs und Entenleber – hatte ihm allerdings eine krankhafte Fettleber eingebracht.

An einem Montagmorgen hörte Tom auf zu fressen, er lag nur noch da, begrüßte Peter nicht mehr, wenn er nach Hause kam, und blieb müde auf dem weißen Sofa liegen.

Peter hatte den erschöpft und gelbäugig gewordenen Kater eilig zum Tierarzt gebracht. Als er vor dem Tisch des Tierarztes stand, die Hand beruhigend auf den Kopf des Katers gelegt, blickte er auf das Tier und spürte, wie die Einsamkeit gleich einer großflächigen Hand seine Beziehungen und Freundschaften aus dem Leben schob und sich immer mehr Raum verschaffte.

Wenn Tom jetzt stirbt, dachte er nun ganz bei sich, wen habe ich dann noch? Merkwürdig, wie ein Haustier einen befähigt, die Welt in neue Stücke zusammenzufügen. Je mehr Gefühle, desto mehr Zerbrechlichkeit, sinnierte Peter und blickte auf den weißen Hals des Katers. Tierliebe gibt zu denken. Tiere sind immer unschuldige Wesen. Man darf nicht nachtragend sein, wenn die Katzen Vögel fressen, aber auf das Schicksal *darf* man wütend sein, wenn es einem alles nimmt, überlegte er, während der Kater ihm traurig in die Augen blickte.

Doch Peter wusste, dass er nicht nachtragend sein

wollte, denn er wollte dem Leben keine Zugeständnisse machen oder gar aufgeben.

Der Kater jedoch gab das Atmen bald auf, und Peter vergrub ihn an einem Mittwochmorgen hinter einer Birke im Degenrieder Wald, gleich neben dem Weiher, denn sein Kater Tom hatte keine Angst vor Wasser gehabt, im Gegenteil, er hatte es geliebt.

Einige Wochen nach dem Tod des Katers, es waren die ersten Monate der Rente, hatte sich Peter eine Agenda gekauft, in die er alle Vorhaben und Pläne eintrug. Er sammelte Namen von Menschen, die er treffen, und Orte, die er besuchen wollte.

Zwischen Frühstück und Terminkalender-Kontrolle am frühen Morgen legte er zärtlich ein paar Körnchen Trockenfutter in Toms Geschirr, das er niemals forträumen wollte und das sich jetzt täglich mehr füllte.

Sein streng organisierter Alltag gab Peter die Struktur, die er brauchte. Niemals hätte er verspätet gefrühstückt oder vergessen, am Dienstagmorgen um 9 Uhr die Wäsche zu machen.

Morgens schrieb er mit Freude in die Agenda:

– Ich bin sehr optimistisch bezüglich der Stadtrat-Wahlen!

– Der Giacometti[6] im Kunsthaus ist eine Augenweide!
– Mit Ärger im Kopf denkt's sich nicht gern!
– Heute, 10 Uhr: Letten-Enten füttern.

Doch die Tage vergingen, und Peter vergaß, morgens das alte Brot für die Enten in den Rucksack zu legen. Die schweigsame Gewissenhaftigkeit verließ den Mann schneller, als sie in seinen Jugendjahren gewachsen war, und er begann, auch samstags oder sonntags die Gemeinschafts-Waschküche des Mehrfamilienhauses, in dem er lebte, zu belegen und die Cordhosen mit der Weißwäsche zu waschen.

Dies wiederum trug ihm Anfeindungen von jungen arbeitstätigen Nachbarn ein, die nur am Wochenende die Wäsche erledigen konnten. Im selben Maße, wie sich seine Wäsche verfärbte, veränderte sich auch die Atmosphäre im Haus und in seinem Leben.

An sonnigen Tagen begann Peter die Bücher von Franz Kafka zu lesen. *Die Verwandlung*, die Geschichte, die er bisher so sehr gehasst hatte, bekam nun eine ganz neue Bedeutung für ihn, und er strich sich die Sätze, die ihm besonders gefielen, auf den aufgeschlagenen Seiten rot an: «Mit welcher Kraft er sich auch auf die rechte Seite warf, immer wieder schaukelte er in die Rückenlage zurück. Er versuchte es wohl hundertmal, schloss die Augen, um die zappelnden Beine nicht sehen zu müssen …»[7]

Ein paar Monate später schrieb er in seine Agenda:

- Es ist noch kein Meister vom Himmel gefallen.
- Ich brauche keinen Arzt.
- Es ist, wie es ist.
- An Weihnachten vermisse ich Tom am meisten.

Eines einsamen Abends entschied er sich, an der Schwarzen Perle anzuklopfen, die ihm ein alter Bekannter, ein rothaariger Bibliothekar mit dem seltsamen Namen Hieronymus, empfohlen hatte.

Mit aufgeregtem Herzen und einem Bündel Banknoten in der Herrenhandtasche aus Kunstleder setzte er seinen schweren Fuß über die Schwelle der Perle.

Woche für Woche ging vorbei, und Peter besuchte die Damen manchmal mit fünf oder sechs ungeduldigen Tagen Unterbrechung. Wenn er da war, genoss er die ungeteilte Aufmerksamkeit, die ihm gewidmet wurde, und wenn er die Frauen begrüßte, tat er es besonders freundlich und fast schon rührend.

Bis der Tag kam, an dem Peter in der Straßenbahn jemandem aus der Schwarzen Perle begegnete. Obwohl sie ihn erkannte und freundlich grüßte, hatte er sich abgewendet und stoisch auf sein Telefon geblickt, auch wenn er diese absonderliche Kommunikations-Technik hasste, da sie, seiner Meinung nach, die Leute zu Sklaven der Technik machte.

Die Sekunden wurden unerträglich, und Peter begann zu schwitzen. In diesem Augenblick schien ihm, dass jede Person in der Straßenbahn sein Geheimnis um die Schwarze Perle kannte und seine rätselhaften Besuche und wilden Spiele im Etablissement mit Spott bedachte.

Hat dieser Mann Kontakte zu Dirnen? Was passiert eigentlich mit den Frauen in diesen Häusern? Warum verschwinden Pässe und Papiere dieser Damen? Sollte man die Freier wie in Schweden bestrafen?

Vergeblich versuchte sich Peter die Gegenargumente zurechtzulegen. Er blickte auf und sah schweigende Menschen fragen: *Wie kommt es eigentlich, dass diesen Frauen niemand hilft?*

Peter überlegte angestrengt. Waren seine Ansichten nicht immer äußerst fortschrittlich gewesen? Und nun? Sein Bauch füllte sich mit Scham und Kummer. Er rebellierte innerlich: Weshalb besuche ich diese Frauen eigentlich?, fragte er sich, und er hasste sich selbst dafür.

Sobald sie aus der Straßenbahn steigt, werde ich sie ansprechen, dachte er plötzlich entschlossen. Ich werde nicht schweigen, ich werde ihr in die Augen sehen, sie in ein Café einladen, wir werden gewisse Dinge besprechen. Vielleicht kann ich etwas bewirken, verändern?

Doch jetzt kamen ihm Zweifel.

Was kann ich ihr eigentlich sagen? Mit welchen Worten soll ich zu ihr sprechen? Ich bin ein Kunde. Wie soll ausgerechnet *ich* als Freier Verständnis für die Lage dieser Frauen haben?, überlegte er.

Und dann spürte er es ganz deutlich, und es fühlte sich bitter an: Er merkte, wie er seine Gedanken hasste, und er hasste sich selbst für seine Überheblichkeit und seinen Egoismus.

Doch bald, es dauerte nur wenige Sekunden, wurde sein Zorn zu einem tiefen, einsamen Schmerz. Sein Blick fiel auf betonierte Brunnen und besprayte Häuserwände, sie schwebten an ihm vorbei wie ein endloses buntes Gemälde, und er schwieg.

Seit Monaten hat mich niemand mehr angerufen, wozu habe ich eigentlich ein Telefon?, dachte er traurig.

Er drehte und wendete das Ding aus Metall und Plastik nervös in der Hand. Es rutschte ihm weg und knallte hart auf den Boden, so dass das Display in ein kleines Spinnennetz mit einem Loch in der Mitte zerbrach.

Als er sich hastig umdrehte, um das Telefon vom Boden aufzuheben, reichte ihm die Frau das demolierte Ding. Sie nickte ihm freundlich zu, und er blickte ihr in die Augen.

Sie trug weder Ohrringe noch Schminke, sie trug auch keinen schwarzen Mantel, wie so oft in der Schwarzen Perle, und sie trug auch keine hohen silbernen Absätze. Sie war eine normale Frau, in einem braunen Mantel. Ein roter Schal lag um ihren zarten Hals. Sie blickte ihn mit treuen Augen an.

«Danke, Mata», sagte er mit einer Verwunderung, die in der ganzen Straßenbahn zu hören war. Dann drehte er sich beschämt um.

Bei der nächsten Haltestelle stieg sie aus, und er lauschte, ob sie sich verabschieden würde. Doch sie schwieg.

Peter blieb sitzen. An seiner Haltestelle rührte er sich nicht, Haltestelle für Haltestelle blieb er sitzen. Die Straßenbahn fuhr nach ungefähr einer Stunde mit Peter an Bord in Richtung Depot und verschwand dort in einer tiefen Düsternis.

Die ganze Nacht wollte er hier bleiben, in diesem Wagen, in diesem Depot, und nicht wieder aussteigen, denn in seiner Wohnung war niemand, der ihn erwartete.

Kapitel 7

Avraáms Vater

Avraám rasiert sich sorgfältig und trocknet seine Wangen mit einem Handtuch. Sein Smartphone liegt auf der Waschschüssel und summt unaufhörlich. Avraám blickt kurz auf das Display und schaltet das Telefon auf stumm.

Er ist in seinem Dorf in der Schweiz eins der ersten griechischen Kinder gewesen, die die Grundschule besucht hatten. Seinen Namen konnte niemand richtig schreiben und auch nicht aussprechen.

«Avrahaaam oder Abrahaaam?», fragten sie.

Deshalb hatten ihn seine Lehrer schnell *Art* genannt.

Er entsprach so gar nicht dem griechischen Typ, denn er war immer schon blass und dünn gewesen. Sein Haar war braun, und seine Augen hellgrün wie eine Alpenwiese. Als Sohn von griechischen Einwanderern war er in den siebziger Jahren im Kanton Solothurn zur Schule gegangen. Art maß 1,62 Meter und war stets glatt rasiert. Er war von Natur aus ungeduldig, was in seinem erlernten Beruf als Klempner nie ein Vorteil gewesen war.

Als er jetzt aus dem Bad tritt und sich im Wohnzimmer an den Frühstückstisch setzt, beißt seine Tochter Rebecca gerade in ein Butterbrot mit Himbeermarmelade.

«Hast du die Geschenke schon eingepackt, Papa?», fragt sie.

«Nein, mein Liebes, ich habe noch kein einziges Geschenk gekauft», lügt er lächelnd und setzt sich an den Küchentisch.

Seine Frau hat ihm einen frischen Kaffee aufgebrüht und ein gekochtes Ei unter einem gelben Eierwärmer aus Filz bereitgestellt. Sie legt ihm die Hand auf die Wange, fährt ihm durchs Haar und sagt besorgt: «Du siehst krank aus, geht's dir nicht gut?»

Die stille Beharrlichkeit seiner Frau macht Art verrückt. Doch er weiß, dass er diese Fürsorge auch sehr an ihr liebt. Trotzdem legt er den Kopf nach hinten, um ihrer Zärtlichkeit auszuweichen.

«Ich werde heute arbeiten, auch wenn ich ein wenig

müde bin. Lass mich noch diesen Tag arbeiten, dann fahren wir zusammen in die Berge nach Flims. Und lass meine Haare in Ruhe.»

Seine Frau blickt beunruhigt. Der heiße Kaffee dampft, und es riecht nach stark gerösteten Bohnen. Obgleich er ein sehr ungeduldiger Mensch ist, erhebt Art fast nie seine Stimme gegen seine Familie. Er pflegt sie mit einer Hingabe wie einen kleinen Blumengarten.

Selten geschieht es aber, dass er plötzlich ausfällig wird und seinen Anstand vergisst. Dann verliert er seine Haltung und wird wütend und böse. Alle gutgemeinten Beschwichtigungen von seiner Frau sind dann sinnlos, und Art muss seiner Wut sogleich Luft machen, um danach erschüttert festzustellen, was er mit seinen Händen angerichtet hat.

Obgleich ihn seine Wut dann vollständig einnimmt, kann er die Schläge so platzieren, dass sie im Gesicht des Opfers nicht allzu großen Schaden anrichten. Um sich selbst zu beruhigen, sieht er darin nur kleine Ohrfeigen, die dem Opfer gar nicht so viel Schmerz zufügen.

Ohrfeigen sind in seinen Augen ja nichts gegen die Schläge mit Gegenständen wie Messing-Schuhlöffeln, Teppichklopfern oder dem Schlüsselbund, die sein Vater manchmal auf seinem Rücken tanzen ließ.

Art erinnerte sich gut an seine Grundschul-Lehrerin, Frau Albertine, die sich manchmal um ihn gekümmert hat, wenn er als kleiner Junge weinend zur Schule kam und kaum in der Bank sitzen konnte, weil ihn die tiefen Wunden am Rücken und am Hintern so sehr schmerzten.

Während er Vaters grobe Umgangsformen gehasst hatte, hatte er dessen Humor und Lachen geliebt. Alle hatten sich gewundert, dass Art so an seinem Vater hing und ihn anbetete. Wenngleich sein Vater grobschlächtig, lautstark und streitsüchtig gewesen war – vor seiner Frau, Arts Mutter, hatte er großen Respekt, denn sie verströmte eine Furcht erregende Zuneigung, die alles in ihrem Zuhause umgab und der auch sein brummiger Vater Anerkennung zollen musste.

Oft genug stand Art im Wohnzimmer, während sein Vater ihn sogar für gute Noten tadelte, weil selbst diese seinen allzu hohen Forderungen nicht gerecht wurden. Diskussionen über die leidige Disziplin und mangelndes Selbstbewusstsein ödeten Art schon als Kind an.

«Wir essen heute um zwanzig Uhr. Meine Mutter kommt auch. Du weißt doch, dass sie Rebecca sehen will», sagt Arts Frau.

Er nickt.

«Pack die Sachen, morgen fahren wir nach Flims. Du hast doch die Bestätigung des Hotels bekommen?»

Seine Frau nickt, und in ihrem Gesichtsausdruck entdeckt Art Verletzlichkeit und Misstrauen – ganz ähnlich wie bei seinem Vater damals …

«Könnte Avraám die Schule noch einmal besuchen, dann wäre er ein brillanter Schüler!», rief sein Vater, im Stolz verletzt, dankbar für jede Buchseite Wissen und jeden noch so langweiligen Exkurs der Lehrerin in Mathematik, in Biologie und all dem anderen schulischen Zeug.

Sein Vater hatte selbst die Schule nur für fünf Jahre besucht und war der Überzeugung gewesen, dass sein Sohn sein eigenes schulisches Manko aufs Beste auszumerzen im Stande sei.

Ein akademischer Abschluss sollte es werden, mindestens ein Lizentiat der Universität Bern, noch besser aber ein Doktortitel. Aber er wolle ja seinen Sohn nicht unter Druck setzen. Nach einer kurzen Weile dann tauchte Arts Mutter auf und schaltete Vaters Resümee mit einem strafenden Blick unvermittelt aus.

Heute fragt sich Art ernsthaft, wer nun tatsächlich die Oberhand gehabt hat in der lang andauernden Beziehung seiner Eltern. Mit den Jahren veränderten sich die beiden Alten zusehends. Sein streitsüchtiger Vater wurde milde und anhänglich wie ein junger Hund, während seine Mutter einen ganz neuen Tonfall anschlug. Es war ein vorwurfsvolles A-Moll in einer stillen Endlosschlaufe. Als hätte sie ihr gesamtes Unglück nun in dieser einen Erzählung gesammelt, die sie wiederholt von sich gab, wenn ihr Sohn auf seltenem Besuch war.

Ihr Glück schien auf irgendeiner Wegstrecke verloren gegangen zu sein, nach einem langen Streit vielleicht, oder in einem immer wiederkehrenden unerfüllten Wunsch, der sie noch länger als der Streit geplagt hatte.

Art bedauerte es, dass ihn der Tod seiner Mutter kaum berührt hatte. Bei der Beerdigung seines Vaters jedoch stand er stundenlang zerknittert am Grab, obwohl es heiß war und faule Blumen einen üblen Geruch auf dem Friedhof verbreiteten.

Später dann musste sich Art ständig vergewissern, dass das Grab seines Vaters vom Gärtner auch ordentlich gepflegt wurde, während auf dem Grabstein der Mutter fleckenweise Moos wuchs, in dem tausende Asseln hausten.

Hin und wieder – im Durcheinander und in den Verlusten der Jahre – stellte sich Art die Frage, ob Mutterliebe einem Menschen ernsthaft schade, während angemessene väterliche Härte die Kinder entsprechend bilde.

Art hatte seinen Vater so sehr geliebt, dass er sich von ihm nun im Stich gelassen fühlte. Deshalb kam unvermittelt der Drang, das Wesen seines Vaters wieder aufleben zu lassen. Und so begann er leise Gespräche am Grab seines Vaters, danach sprach er mit seinem Vater auf den vielen Autofahrten bei der Arbeit zwischen einem verstopften Klo und einer Wasserhahn-Erneuerung in einem Restaurant, und schließlich fand sein imaginärer Dialog Eingang in seine damals schon sehr zerbrechliche Ehe.

So gab es seltsame Momente, in denen er neben seiner Frau in der Küche stand und etwas wisperte, was eigentlich seinem Vater galt, während seine Frau erstaunt zuhörte. Schon bald hatte sich seine Frau an das merkwürdige Gemurmel gewöhnt, und sie überließ Art sich selbst und seinen zärtlichen Gesprächen mit einem Gespenst.

Bis der Tag kam, als Art das erste Mal in der roten Meile einen Abfluss reparieren musste und sah, wie ein Zuhälter die Frauen mit brummender Strenge anwies, während er, Art, im Nebenzimmer konzentriert Haare und abgeschnittene Nägel aus dem Abflussrohr klaubte.

Er erschrak. Genauso wie dieser Mann im Nebenzimmer hatte früher sein Vater mit ihm gesprochen, glasklar und schneidend. Art wurde angst und bange. Sein Vater war im Wesen dieses Mannes auferstanden und löste bei seinem Sohn Art erneut – wie damals in der Schule – eine lange Kette von Schuldgefühlen und daraus resultierenden Hoffnungen und Bemühungen aus, besser zu werden und besser zu sein.

Art erinnerte sich an diesen Augenblick sehr gut. Er wusste noch, wie er sich von da an jeden einzelnen Tag Vorwürfe machte, in seinem Leben nicht mehr geleistet zu haben, und er hörte die verhaltene, aber auch spöttische Stimme des Vaters in seinem Ohr: *Er ist ein Klempner, den Doktor macht er in seinem nächsten Leben.*

Plötzlich wurde Art sehr abweisend zu seiner Familie. Er schien unglücklich zu sein über seine Stellung, über mangelnde Anerkennung, über die frühen Arbeitszeiten, über sein jämmerliches Einkommen, wie er es eines Abends in seinem Badezimmer erschüttert hinausschrie.

Und da spürte Art, dass er schon bald etwas anderes arbeiten wollte, dass irgendwo eine Tätigkeit auf ihn wartete, die ihm und seinen Fähigkeiten eher entsprach und die ihm *echte* Anerkennung einbringen sollte –

wertvoller als die seiner Frau oder die dankbarer Küchenchefs.

Eines Tages würde er vom Tisch in seinem Stammlokal aufstehen, hinausgehen und sich endlich auf einen neuen Weg machen. So stellte er sich das vor. Und diese Vorstellung machte ihn überglücklich, aber gleichzeitig auch ängstlich. Und so kam der Tag, an dem Art während der Arbeit eine Frau an der Langstraße ansprach, eine versehrte, verstörte Frau, umherblickend und nicht wissend, wo sie hingehen sollte.

Er hatte sie wiedererkannt, sie stand damals auf der Treppe des Salons und lächelte ihn an, als er die Arbeit an dem Abflussrohr verrichtet hatte.

Nun war die Frau von ihrem Zuhälter – dem Mann mit Vaters Stimme – verprügelt worden und wollte flüchten, wohin auch immer, es war ihr egal. Einfach nur fort, in ein neues Land, noch besser: in eine neue Zeit. Sie wollte ein frisches Leben, es konnte jedes Leben sein, nur durfte keine Gewalt darin vorkommen.

Art gab ihr die Unterkunft eines Freundes, der für fünf Monate nach Vietnam geflogen war, um dort als freiwilliger Helfer Bäder in einem Hilfswerk einzurichten. Fünf Tage, nachdem die junge Frau namens Claire im Zimmer eingezogen war, hatte sie damit begonnen,

Männer auf ihr Zimmer zu holen, um ihre Kokainsucht zu finanzieren.

Art war hin- und hergerissen, in ihm arbeitete es den ganzen Tag und die halbe Nacht. Kaum eingeschlafen, wachte er wieder auf, die Gedanken kreisten in seiner Stirn, er begann mit Selbstgesprächen.

Wo sollte Claire hin, wenn sein Freund in drei Monaten zurückkehrte? Was sollte er mit der Frau anfangen, mit ihrer Drogenabhängigkeit, einem fragilen, aber doch zähen Wesen wie ihr?

In jener Nacht im Mai geschah es dann, dass die junge Frau ein gefährliches Gemisch aus Tabletten und Alkohol einnahm und von Art halbtot aufgefunden wurde. Er brachte sie ins Krankenhaus. Obwohl sie ihr dort den Magen auspumpten und so das Leben retteten, beschimpfte Claire die Ärzte und schrie: «Was habt ihr mir angetan, der Tod wäre mir gerade recht gewesen!»

Als äußerst schwierige Patientin wurde sie in ein Einzelzimmer verlegt, was sie gleich dazu motivierte, einen Suizidversuch zu unternehmen. Sie wollte aus dem vierten Stock springen, doch eine alte Dame, die die Stängel des Blumenstraußes von Art im Waschbecken schnitt, konnte sie schreiend davon abhalten.

Es wurde mit der Zeit immer schwieriger, die Patientin zu bändigen, und die einsichtige junge Chefärztin, die sich ganz besonders um Claire bemüht hatte, entschied, sie in eine psychiatrische Klinik einzuweisen. Bevor dies geschehen konnte, entschied Art jedoch nachts – die Nachtschwester trank gerade mit ihrem Kollegen, in den sie verliebt war, einen Schwarztee mit viel Zucker –, «seine Claire» vor der Klapsmühle zu retten und sie in einem Salon in der roten Meile unterzubringen, wo sich die Hausmutter Mata um das Mädchen kümmern sollte.

Im Salon angekommen, überlegte Art unsicher, ob er diesem Geschöpf nun einen Gefallen getan hatte oder es am Ende direkt ins tiefste Unglück trieb. Und er konnte sich nicht entscheiden und sagte zu sich selbst, dass es dem Wesen der Menschen entspreche, das zu tun, was naheliegend ist. Wie sollte ein Mensch auch *mehr* tun können, also über seine Fähigkeiten hinaus handeln? Wie sollte ein Mensch etwas erschaffen, wozu er niemals angeleitet worden war? Eine sonderbare Gedankenkette, fand Art, und der Weg zu diesen Gedanken war ihm absolut schleierhaft.

Danach überkamen ihn Scham und Reue, und er zog sich in sein Inneres zurück, bis er die Stimme, die bei ihm Missbehagen ausgelöst hatte, mit einer Beruhigungs-Tablette und mit Internetspielen ausschaltete.

In der ersten Zeit war Claire dankbar für den neuen Unterschlupf, und sie begann Mata zu vertrauen. Ebenso wie ihre Wutausbrüche hatte auch ihr Verlangen nach Drogen nachgelassen, und sie schien sauber zu sein. Nach sieben Wochen jedoch gab es einen Zwischenfall mit einem Kunden, der sie nicht bezahlen wollte. Es gab ein Gerangel, und Claire warf ihn kurzerhand auf die Straße, wobei die Hausmutter mit dieser Vorgehensweise überhaupt nicht einverstanden war. Die beiden Frauen stritten sich, und Mata schrie: «Ich habe schon immer gewusst, dass du uns nur Probleme bringen wirst!»

Claire sackte zusammen, zog sich in ihr winzig kleines Zimmer zurück und hörte nicht mehr auf zu weinen. Mata hatte die Eigenschaft, Menschen für ihre echten Gefühlsregungen zu bestrafen und für Fehler bloßzustellen. Sie konnte nicht glauben, dass Menschen lernfähige Wesen seien, die nur etwas Vertrauen brauchten, um die Dinge richtig an die Hand zu nehmen. Sie vermied Umarmungen und freundliche Worte, weil sie sie für absonderlich und unnötig hielt.

Zornausbrüche und wütenden Widerspruch dagegen

hielt sie für die natürlichste Weise, mit Menschen umzugehen. Sie hatte es als Kind nicht anders gelernt.

Art jedoch versuchte, mit Claire geduldig zu sprechen, er wollte heraushören, was sie derart verstört hatte, bekam aber keine Antwort. Deshalb begann sein Herz aufgeregt zu schlagen und Hitze in seinen Kopf zu steigen. Was sollte aus Claire werden, wenn sie sich in ihrem Zimmer einschloss?

Stundenlang saß er im Salon und stellte Überlegungen an, was nun geschehen sollte. Dann ging er hinauf an ihre Tür und drückte sie mit voller Körperkraft ein.

Claire saß wehrlos auf dem Bett und hielt sich den Kopf, während er zuschlug und immer wieder brüllte: «Du machst mir nur Sorgen! Ich hätte dich nicht hierherbringen sollen, in die Klapsmühle gehörst du. Warum klaust du deinen Kunden andauernd Geld?»

Art konnte sich kaum mehr beruhigen, er schlug, bis Mata dazwischenging und ihn aus Claires winzigem Zimmer hinausstieß.

Erschüttert setzte sich Art auf den Boden der Diele und hielt inne, während Mata Claire das Haar aus dem Gesicht strich und sie zu beruhigen suchte.

Mata legte ihr die Hand auf die Schulter und sprach immer wieder sanft: «Schscht, das wird schon wieder», und obwohl für sie Berührungen eigentlich sinnlos waren, strich sie Claire über das Gesicht, dessen Augen starr aus dem Fenster blickten.

In dem Zimmer gab es nur einen Spiegel, ein Bett und einen antiken Stuhl, dessen Sitzfläche geflochten war, und in diesem Augenblick wirkten diese Utensilien auf Claire wie alberne Requisiten in einer Tragödie.

Claire blickte in den Spiegel und sah das Blut über ihrem Auge. Sie sah eine Frau, die sie nicht mehr kennen wollte und die ihrer Ansicht nach auch kein Mitleid verdient hatte; eine Frau, die in einem Leben saß, das in ihren Augen vollumfänglich gescheitert war.

Nicht einmal ein Bett in einer Gefängniszelle hätte ich verdient, dachte Claire.

Von diesem Tag an vermied es Claire, Menschen zu umarmen oder gar zu küssen. Sie unterließ es, jemandem ganz offen zu begegnen oder einem Menschen ein Geheimnis anzuvertrauen. Sie vermied die direkten Blicke in die Augen einer Person und hasste es, nach ihrem Wohlbefinden gefragt zu werden. Sie war davon überzeugt, dass freundliche Worte nur leere Hülsen waren und selbst gute Wünsche keinerlei Recht auf Erfüllung hatten. Vorfreude und Hoffnung verloren für sie an Bedeutung, denn sie schob sie in eine Ecke in ihrem Innern, in die kein Lichtstrahl mehr hineingeriet. Nur den Drogen erlaubte sie, diese Räume zu betreten, die sie sonst für alle würdevoll, aber abweisend verschlossen hielt.

Als Virva heute Abend vor ihrer Tür steht und durch das Türblatt mit ihr spricht, horcht Claire auf.

«Wusstest du eigentlich, dass Island gar nicht so kalt ist, wie wir uns das vorstellen? Ja, manchmal soll es richtig warm werden im Sommer, so dass die Lachsfischer in ihren Gummihosen zu schwitzen beginnen und die Jacken ans Flussufer werfen, um im Unterhemd zu angeln.»

Claire beginnt zu lachen und gleichzeitig zu weinen. So etwas Seltsames hat sie schon lange Zeit nicht mehr gehört, und sie öffnet die Tür, um Virvas Geschichten hereinzulassen.

Virva räumt die Kleidung von Claires Stuhl und setzt sich bequem hin, so dass sie erzählen kann.

Nun beginnt sie ihre Reisegeschichten von Japan zu erzählen, wie Japaner mit dem Bus ans Meer fahren, um auszusteigen, zu fotografieren und gleich wieder einzusteigen, ohne auch nur einen Fuß in den Stillen Ozean zu halten.

Seltsam, findet Claire, dass sie im Meer nicht einmal baden wollen.

«Das wäre das *Erste,* was ich am Meer machen würde», sagt Claire mit Erstaunen in den Augen, während Mia den Kopf ins Zimmer hält und meint, das Meer in Barcelona solle auch sehr schön sein.

Claire weiß nicht, was sie davon halten soll, bis sie plötzlich sagt: «Es gibt überall eigenartige Menschen, achtsame, aber auch achtlose, die blind durch die Welt gehen und den Fuß nirgends hineinstellen wollen, in kein Meer, aber auch in keine Tür.»

Mia und Virva blicken sich unsicher an, und im Raum breitet sich eine konzentrierte Stille aus, bis Virva weitererzählt: «In Russland fällt Weihnachten auf den Januar. *Väterchen Frost,* ihr Weihnachtsmann, bringt die Geschenke am 1. Januar. Am 6. Januar ist Heiligabend, und die Russen fasten bis dahin vierzig Tage lang. Wusstet ihr das?»

Claire schüttelt den Kopf und reibt sich die Tränen aus den Augen. «Du bist doch verrückt», sagt sie zu Virva, die nun über die Galapagos-Inseln und deren Entdeckung zu erzählen beginnt. «1835 besuchte Charles

Darwin die Inseln mit den Riesenschildkröten», sagt Virva. «Wusstet ihr, dass Darwin danach seine Cousine heiratete und zehn Kinder zeugte?»

Mia lacht laut, während Claire sich mit einem Taschentuch die Augen abtupft.

Nun hören sie Schritte auf der Treppe, und sie wissen, dass ihr Zuhälter Art gleich bei ihnen sein wird, um sie zur Arbeit anzutreiben. Eilig erheben sie sich und legen sich die leichte Kleidung zurecht, die hauptsächlich aus feiner Acrylware besteht.

«Was wollt ihr alle hier?», fragt Art leise, aber bestimmt.

Er schiebt die Frauen beiseite und betritt Claires Zimmer.

Claire versucht etwas zu sagen, doch ihre Stimme versagt augenblicklich.

«Warum wird hier nicht gearbeitet?», will er wissen. Virva reckt den Hals.

«Wir kümmern uns um Claire!», sagt sie energisch.

«Verschwindet!», sagt Art mit erhobener Stimme und versucht die Frauen aus dem engen Zimmer zu jagen.

Mia stellt sich vor Claire und sagt eisig: «Wir brauchen noch einen Moment. Bitte lass uns allein.»

Art stößt die Frauen zur Seite und verlässt wütend

den Raum. Auf der Treppe ruft er: «Auch wenn Weihnachten ist, machen wir hier sicher keine Ausnahmen. Los, an die Arbeit!»

In seiner Stimme hört man eine leichte Unsicherheit, die niemandem entgeht und die jede Zuhörerin auf ihre Weise zu deuten weiß. Art läuft in die Küche, schluckt eine Beruhigungstablette und lässt die Hintertür ins Schloss fallen.

Er setzt sich ins Auto und fährt langsam durch die Gassen. Seine Familie sitzt bereits beim Essen. Wenn er jetzt nach Hause fährt, dann muss er sich der Schwiegermutter erklären. Was soll er dann sagen?

«Ich habe länger arbeiten müssen.»

«In welchem Metier arbeitet man am Weihnachtsabend zu so später Stunde?», würde die Schwiegermutter fragen.

Und Art weiß, dass er nicht erklären kann, dass ein Klempner an Weihnachten Späteinsätze haben soll, und er weiß, dass er nicht mehr lügen will. Seine Frau würde am Tisch schweigen, weil sie sich nicht zwischen ihn und ihre Mutter stellen kann und weil sie längst ahnt, was für ein sonderbares Geschäft er betreibt. Und für Rebecca, da ist er sich sicher, für seine Tochter wäre ein solcher Streit schrecklich. Das will er ihr nicht antun.

Habe ich ihr Geschenk unter den Baum gelegt?, überlegt Art, während er durch die Dunkelheit fährt. Ja, gibt er sich zur Antwort.

Gestern Abend schon, als niemand zu Hause war, hat er die Malfarben und den großen Zeichenblock vorsichtig unter den bunt geschmückten Tannenbaum gelegt, weil seine Tochter so gerne kleine Dörfer malt mit roten Häusern und hellgrünen Hecken, mit Menschen, die sich an der Hand halten, gescheckten Hunden in der Hundehütte und roten Katzen, die faul auf dem Dach neben dem Kamin liegen.

Immer wieder malt sie ein ähnliches Dorf, als hätte sie den Wunsch, in einem solchen Dorf zu leben, in dem alle den gleichen Platz beanspruchen, egal, wer sie sind und woher sie kommen. Menschen, Hunde, Katzen.

An einer Ecke holt Art sich einen Döner mit Kalbfleisch und steigt wieder in sein Fahrzeug. Die Sauce tropft auf seine Hose, und er beginnt mit der Serviette zu putzen, ohne auf die Straße zu achten.

Plötzlich prallt er hart gegen einen Kandelaber-Mast, der im Weg steht. Das Auto knirscht, Glas zerspringt, und Art blutet am Kopf. Er steigt aus und geht taumelnd davon.

Wenn ich nur wüsste, was ich meiner Familie sagen soll, denkt er. Ich muss ein Taxi finden. Wo finde ich nur ein Taxi?

Art will nicht den Bus nehmen, er weiß nicht, wie man eine Fahrkarte löst. Wie auch? Seit Jahren fährt er mit seinem Wagen oder auch mit dem Taxi. Busfahren ist nichts für ihn. Er schleppt sich über den Gehsteig, stolpert über den Randstein.

Ein Heimatloser mit einem Hund hilft ihm auf, sagt: «Pass auf! Wenn ein Auto kommt, kann es nicht bremsen, die Straße ist hier sehr glatt.»

«Danke. Hier hast du zwanzig Franken, kauf dir davon was zu essen. Frohes Fest», sagt Art, hält sich die Faust auf seine tropfende Wunde und bleibt irritiert stehen.

«Danke, dir auch ein frohes Fest», sagt der Heimatlose mit dem Hund beschwingt und klopft Art den Schnee vom Mantel.

Dann geht Patrick mit seinem Hund Bob weiter und verschwindet in der drückenden Dunkelheit.

Art hält sich an einer Hauswand fest. Er denkt an seinen alten Beruf, in dem er regelmäßige Arbeitszeiten hatte, abends rechtzeitig zum Essen bei seiner Familie zu Hause war und mit seiner Tochter Rebecca Brettspiele spielen konnte.

Was ist nur aus mir geworden?, fragt er sich und hustet laut aus, als müsste er seine ganze Wut, die Scham über seine Arbeit und dazu sein schlechtes Gewissen loswerden.

Auch ich kann mich neu entscheiden. Auch *ich* muss hier nicht bleiben, in diesem Loch, auch ich kann weitergehen. Vielleicht ist es ja gut, wenn meine Familie von meiner Arbeit weiß, unter Umständen hilft es mir, da herauszukommen. Aber was soll ich mit all den Frauen machen, die im Haus leben?

Zwei Ecken weiter hält ihn die Polizei an, er sei von einem Würstchenstand aus gesehen worden. Weshalb er denn das Auto einfach stehenlasse, ohne die Polizei zu rufen?

«Ich habe Familie», erwidert Art. «Ich will zu meiner Familie nach Hause! Lasst mich!», beginnt er mit Kopfschmerzen herumzuschreien, und das Blut tropft in den Schnee. «Es ist doch Weihnachten!»

Er reißt sich los und versucht einen der Polizisten ins Gesicht zu schlagen, was aber nicht gelingt. Sie legen ihn in Handschellen und tupfen ihm das Blut von der Stirn, damit er den Polizeiwagen nicht verschmutzt.

Auf der Fahrt sieht Art kaum Menschen auf der Straße, nur zwei einsame Gestalten, die mit je einem Korb über die Straße gehen. Ihrer Haltung nach müssen es zwei Frauen sein.

«Es ist Weihnachten!», schreit Art. «Ich will jetzt nach Hause!»

Die Polizisten sagen zu ihm: «Auch *wir* haben Familie, und trotzdem haben wir heute Abend zu arbeiten. Sehen wir uns mal deine Akte an … Avraám – ein schöner Name.»

Kapitel 8

Sonderbare Nacht

Wir sind nochmals hier. Dürfen wir eintreten?», fragt eine Stimme.

Mata erkennt sie.

Nein!, tobt es erneut in Mata. Ihr dürft nicht! Sagte ich doch schon mal!

Art würde ein Riesentheater veranstalten, wenn sie die Heilsarmee-Frauen hereinließe.

Dann, nach einer kurzen Pause, fügt sie leise hinzu: «Kommt nicht wieder. Ich habe euch doch vorhin schon gewarnt!»

Ein Schweigen folgt, das wie eine tiefe Unnahbarkeit anmutet.

«Lasst uns in Frieden! Geht weg, es ist hier viel zu gefährlich für euch! Haut ab!», zischt sie nun, um ihren

Entschluss zu bestärken, und in ihrem Innern bewegen sich Welten.

Stille auf der anderen Seite …

Mata lauscht der Leere, und unvermittelt entdeckt sie Gemeinsamkeiten jenseits und diesseits der Tür. Ihr Herz zieht sich zusammen, und vor ihren Augen schiebt sich kontinuierlich ein Stückwerk an Einsicht zusammen.

Ist das Leben nicht wie eine wiederkehrende Tonfolge? Hier eine versperrte Tür, da ein verriegeltes Schloss; hier eine Unnahbarkeit und als Entgegnung eine Distanz; da manche Unachtsamkeit, und die Folge davon ein Leid, das langsam heranwächst. Für einen Moment scheint es, als würden sich die Dinge endlos wiederholen, ein unhörbarer Reigen an unauffälligen Missgeschicken.

Bekümmert blickt Mata zur Tür und dann wieder zur Treppe. Ratlos kämpft sie mit sich, während die jungen Frauen auf den Sofas, den Plüschsesseln und der Treppe sie beobachten. Das Atmen fällt ihr unweigerlich schwer, ein Stein bedrängt ihre Brust, und die Schmerzen in ihrem linken Arm machen sich erneut bemerkbar, obwohl sie doch vor einigen Monaten abgeklungen sind.

Virva steht auf einem Treppenabsatz und blickt besorgt auf Mata. Einen Moment lang schweigt sie. Die Traurigkeit in Matas Gesicht berührt sie, und unweigerlich wird ihr klar, dass auch Mata hier in diesem Haus nur versuchsweise lebt, dass die Verhältnisse hier im Etablissement sie belasten, die Zerwürfnisse mit Art, die täglichen und unumgänglichen Auseinandersetzungen mit den Freiern, die ziellosen Beschuldigungen, wenn sie um die Preise feilschen, die trotzige Gewalt.

Bekümmert sieht sie zur Tür, und es scheint, als türme sich das Türblatt über Mata auf wie ein Riese, der die gesamte Atemluft einsaugt.

Dann fragt Virva: «Sind es wieder die Frauen von der Heilsarmee?»

Mata nickt bedrückt und geht durch die Diele in den Salon, in den Virva ihr folgt.

«Wusstest du, dass Freundschaften die Gesundheit fördern?», sagt Virva nachdenklich.

Mata legt sich ihre Arme um den Oberkörper und zieht sich in ihr Inneres zurück. Sie weiß nicht, was sie antworten soll, denn viele Fragen schweben ihr durch den Kopf. Deshalb sagt sie teilnahmslos: «Nein, und es interessiert mich auch nicht.»

Virva steigt wieder die Treppe hoch und betritt oben Claires Zimmer. Claires Blick verrät ihre stille Frage.

«Ja, es war die Heilsarmee», sagt Virva beiläufig. «Jede Woche kommen sie vorbei. Jede Woche! Was soll das?»

Mia steckt sich eine Zigarette an und stellt sich aufrecht ans Fenster. Aus ihrem Schminktäschchen zieht sie ihre Muschel, und sie fährt mit dem Zeigefinger über das grausilberne Perlmutt.

«Sonderbar», sagt Mia, «dass sie jede Woche kommen, obwohl sie dann vor verschlossener Tür stehen.»

Claire krümmt sich auf ihrem zerwühlten Bett zusammen und legt die Knie an ihren Bauch. Sie denkt: Woher nehmen die nur ihre Geduld, obwohl sie eine Enttäuschung nach der anderen erleben, abgewiesen werden von Tür zu Tür?

Diese Beharrlichkeit fasziniert sie, sie beginnt darüber nachzudenken, und ihre Bewunderung wächst, denn eine solche Geduld hat sie wohl noch nie erlebt. Besonders aber *eine* Sache beschäftigt sie: Die Frau auf der anderen Seite der Tür … Weshalb klingt ihre Stimme niemals vorwurfsvoll?

Unruhig geht Mata durch den Salon. Soll sie die Tür vielleicht doch öffnen?

Mehr als ein Mal hat sie daran gedacht, die Tür für die Frauen im Haus zu öffnen, sie auf die Straße zu entlassen. Aber was sollen sie ohne Pässe, ohne Papiere? Wo sollen sie unterkommen, wo Hilfe holen?

Was, wenn sich meine Fürsorge für Virva, Mia und Claire und die anderen Frauen als Unrecht herausstellt?, denkt sie. Was, wenn ich in allem falschliege?

Ihre Gedanken machen sie klein und ratlos, und sie streitet in ihrem Innern, ohne irgendetwas zu entscheiden. Es scheint in diesem Augenblick, als sei ihr alles abhandengekommen in diesem Haus in der roten Meile: die üblichen Methoden, das geschäftige Kalkül, die verschwörerische Taktik, die gewohnten Vorurteile, die Entscheidungsfreudigkeit … und auch eine Verbitterung, die bei Mata über viele Jahre angehalten hat – bis zu diesem Abend.

Die alten Verhältnisse zwischen Straße, Türen und Wänden weichen dem schweren Schnee. Alles bekommt weiche Rundungen, unregelmäßige Linien liegen auf dem Randstein, viereckige Fenster werden zu zärtlichen Ovalen. Auch das Licht scheint sich danach zu richten. Der Schnee durchtrennt unaufhörlich schwebend die selten gewordenen Lichtstrahlen.

Niki steht enttäuscht in einem lebhaften, aber tonlosen Schneeflockengewirbel und blickt auf die Bibel, die in einiger Entfernung immer noch am Boden liegt.

Kühl und nass legen sich die winzigen Flocken auf ihr Gesicht und verwandeln sich augenblicklich in warme Wassertropfen.

Jetzt schließt sie die Augen und blickt nach oben in die herabfallenden Schneeflocken.

Ich bin hier in dieser Straße seit einem Jahr, Vater im Himmel, und diese Tür bleibt verschlossen!, schreit sie innerlich. Was soll das denn, bitte? Du weißt doch, dass hier Frauen leben, die das Haus nicht verlassen dürfen. Du kennst doch ihre Sorgen. Mein Gott, ich stehe jede Woche vor dieser Tür, und nichts tut sich! Heute schon zum zweiten Mal! Ist das mein Lohn für diese Arbeit?

Niki legt die Arme um ihren Brustkorb, als ob sie sich selbst trösten müsste. Das Ringen um eine Entscheidung ist nun unausweichlich geworden, und sie weiß, dass sie es nicht mehr aushält.

«Jetzt ist Schluss, endgültig Schluss! Aus! Vorbei!», schluchzt sie laut, und sie schreitet die Straße auf und ab.

Die wenigen Frauen, Männer und Bar-Besucher, die an diesem Weihnachtsabend noch unterwegs sind, drehen sich erstaunt um und blicken Niki fragend an. Sie presst ihre Lippen zusammen, während sie den Kopf gegen den Schneewirbel legt. Ihre vom Schnee nass gewordenen Augen fixieren die Stahlkappen auf ihren Schuhen. Ihr Körper formt sich zu einem kantigen Wesen, das der Straße und jedem Auto trotzen möchte.

Unvermittelt biegt da eine junge Frau um die Ecke.

Sie trägt nichts als ein Stück grünen Stoff um die Hüften und eine dicke schwarze Strumpfhose. Darüber weiße Lackstiefel. Den Oberkörper bedeckt eine dunkelblaue Lederjacke. Ein australischer Hut aus schwarzem Filz mit einem silbernen Band liegt schräg auf ihrem Kopf.

Beinahe wäre sie über die Bibel gestolpert, die Niki früher in der Nacht weggeschleudert hat und die immer noch im Schnee liegt. Doch sie hält inne. Ihre hohen Absätze treffen hart auf den Boden, während sie das Buch aufhebt. Jetzt geht sie auf Niki zu, die immer noch gekränkt, verletzt und in ihrer Seelenwelt zerrissen mitten auf der Straße steht.

An ihr Ohr dringt ein lautes, knirschendes Klacken, und Niki blickt auf. Im Lichtraster der schneebedeckten Laterne sieht sie das Gesicht einer Frau, das blass ist. Wehmütige Augen blicken sie an.

Leise und unerschrocken sagt die Fremde zu ihr: «So wird das nichts, junge Frau». Kurz hält sie inne, dann ergänzt sie auf Polnisch sowie auf Deutsch: «Serce potrzebuje ręki! … Das Herz braucht eine Hand.». Hernach legt sie die Bibel in Nikis Hände und geht, ohne sich zu verabschieden, weiter.

Im nächsten Moment will Niki der Frau folgen, aber der Versuch scheitert, denn die Frau verschwindet so schnell, wie sie aufgetaucht ist. Deshalb bleibt Niki stehen und lässt den Kopf hängen. Langsam geht sie zur Schwarzen Perle zurück und lehnt sich, Schutz suchend, gegen die Hauswand.

Während sie weint, spürt sie einen Schauer der Beschämung und des Glücks über ihren Rücken wandern. Sie will all ihre Gedanken festhalten und entschlüsseln, um herauszufinden, wer diese merkwürdige Person war, die ihr eben begegnet ist. Und obwohl kaum etwas zu sehen ist, blickt sie erneut in die Nacht hinein, diesmal neugierig, ob diese sonderbare Frau vielleicht doch noch irgendwo steht, um ihr eigenartiges Gefühl zu widerlegen.

Gehörte die Frau *dieser* Welt an oder vielleicht jener rätselhaften *anderen* Welt, an die sie ernsthaft und manchmal auch mit großen Zweifeln glaubt? Sie weiß es nicht, aber hat sich vorgenommen, die Worte der polnischen Prostituierten niemals zu vergessen.

Gleich ist es drei Uhr morgens. Niki und Heidi frieren, sie gehen die Straße entlang, und der Schnee füllt den Gehsteig. Sonderbar, wie alle Leute jetzt plötzlich flüstern und langsamer gehen, wo die Menschen der roten Meile doch oft so laut und streitbar wirken.

Sie sprechen mit einer Prostituierten aus Madrid, die von ihren Kindern erzählt. Pedro ist fünf, und Julio ist erst drei Jahre alt, und sie fährt nächste Woche nach Hause für zwei, drei Tage. Sie wird den Kindern Geschenke mitbringen, die sie im Spielwarenladen kaufen will. Einen kleinen Braunbären für Pedro und für Julio eine Winterjacke. In die Außentaschen will sie Süßigkeiten stopfen, sie weiß genau, welche: Schokoladenkäfer und Gummischlangen, die lieben die Kinder ganz besonders.

Niki und Heidi bekommen sogar ein paar selbstgebackene Kekse. Und eine Zeichnung, denn die spanische Prostituierte ist eigentlich Künstlerin, aber nachdem ihr Mann sie verlassen hatte, konnte sie das Geld für die Familie nicht mehr aufbringen und musste andere Einkommensquellen suchen.

Sie würde es nicht zugeben, aber sie hat Talent. Ihre

Zeichnung erinnert Niki an Paul Klee: die herrlichen warmen, kindlichen Brauntöne, das Gelb und Rot, sie finden sich, aber keineswegs dilettantisch, sondern beneidenswert, ja beinahe numinos schön. Sie werden eine spielerische Einheit.

Die Frau umarmt Niki und Heidi fröhlich und ermutigt sie, weiterzumachen, auch wenn der Winter hart ist. «Es ist gut, dass ihr hier seid. Kopf hoch, Niki, das wird schon.»

Niki lächelt beschämt. Woher kennt die Frau ihre Vorbehalte, ihre vielen nagenden Zweifel, die sie mit sich herumträgt? Und sie denkt: Diese mutige Frau braucht keinen Zuhälter. Sie arbeitet auf eigene Rechnung, und sie kann Männern, die sich ihr nähern, auf herrische Weise wunderbar Angst einjagen und sie in die Flucht schlagen.

«Nur Mut!», sagt die Spanierin noch einmal und winkt Niki und Heidi hinterher, und der Schnee verschluckt ihre Stimme.

Zart und lautlos gehen die beiden weiter durch den Schnee. Bald treffen sie auf eine Frau aus Hamburg, die vor zwei Wochen vor einem gewalttätigen Zuhälter aus Deutschland geflüchtet ist. Sie wirkt müde und abgespannt, und sie legt Niki die Hand auf die Schulter, um sich abzustützen. Sie macht grobe Witze und ermuntert die Frauen, nicht zu lange draußen zu bleiben, da die Kälte mörderisch sei.

Die Frau zeigt auf ihre Strümpfe und brummt etwas von «warm, aber teuer», und dann fährt sie mit der Hand über ihr dünnes Bein. Als die beiden weitergehen, ruft sie ihnen hinterher: «Ich danke euch für den köstlichen Kuchen!»

Niki und Heidi drehen danach noch eine weitere Runde, gehen denselben Weg zurück, kommen an der Tür der Schwarzen Perle vorbei. Jetzt stehen sie erneut davor.

Heidi blickt Niki an. Ihre Augen fragen still, ob sie nochmals anklopfen sollen. «Du solltest es versuchen, Niki», sagt sie, als ob die junge Frau die besseren Chancen auf Erfolg hätte.

Niki blickt hoch zum Fenster, an dem eine ältere Frau steht, wahrscheinlich die Hausmutter. Die hält einen Augenblick inne und wendet sich eilig ab.

Es wäre ein Leichtes, denkt Niki, jetzt nochmals anzuklopfen. Aber sie werden uns erneut verjagen, sie werden uns Dinge hinterherrufen, die wir nachts dann nicht vergessen können. Was wollen wir hier überhaupt?

Und sie schweigt und blickt an der Fassade hoch. Leuchtende Fenster, die kaum Fröhlichkeit ausstrahlen.

Ein merkwürdiges Bild gibt dieses Haus ab. Doch wer soll sonst hier anklopfen, denkt sie, wer kommt sonst vorbei und kümmert sich? Soll ich diese Frauen aufgeben?

Und dann fällt ihr das Zitat aus der Bibel ein: «Alles hat seine Zeit, Suchen hat seine Zeit und … Finden hat seine Zeit.» Und sie erinnert sich, dass sie viele Frauen getroffen und gefunden haben in den letzten drei Jahren, viele, die träumten, einige, die hofften, und manche, die einfach nur litten.

Es ist eisig kalt, und der Wind fällt drohend über sie her, schabt beharrlich an den unterkühlten Wangen entlang. Sie legt sich die Hände schützend auf ihr Gesicht und wartet.

Und was nun? Die Straße nimmt in ihren Augen plötzlich sonderbare Formen an, sie hebt sich an, senkt sich wieder, Licht gleitet leise durch die schmale rote Meile, als suche es flüchtig Schutz. Nikis Verstand stemmt sich gegen das Vorhaben, ein weiteres Mal anzuklopfen. «Geh fort, es bringt nichts!», ruft dieser Verstand ihr unaufhörlich zu.

Und doch: Welche Zeit ist nun gekommen? Eine Zeit

der Beharrlichkeit?, fragt sich Niki und bewegt dabei stumm die Lippen. Sie denkt an Markus und an seinen schwermütigen Gesichtsausdruck auf der Treppe. Sie denkt an Milenas Krankheit und an Patricks innigen, warmen Händedruck. Sie erinnert sich an die Kinder Pedro und Julio, die von ihrer Mama zu Weihnachten Geschenke bekommen werden, und dann fällt ihr wieder die fremde Frau ein, die ihr eindringlich etwas auf Polnisch zugeflüstert hat.

Niki atmet tief ein und aus. Die warme Atemluft fällt auf sie zurück, berührt ihr Gesicht. Auf einmal empfindet sie den Wunsch, etwas zu tun, aber sie weiß nicht, was das sein könnte. Sie lässt die Schultern hängen, steht einfach nur da und wartet. Die Nacht hat etwas sehr Tröstliches, und gleichzeitig erzeugt sie so viel Aufruhr.

Alles kommt so still daher, denkt sie, jedes Mal, und doch, manchmal geschehen so viele Dinge, und ich weiß nicht, wie ich Ordnung und Struktur in sie hineinbringen kann.

Und nun merkt sie plötzlich, wie sie friert, am ganzen Körper zittert sie. Der schwere Heilsarmee-Mantel ist triefend nass, er zieht sie wuchtig nach unten, genauso wie auch die Schultern und all die Gefühle, die Niki nun überwältigen.

Und dennoch, gerade die Beharrlichkeit bringt Ergebnisse, das Dranbleiben!, ruft sie sich innerlich zu. Aufgeben kommt nicht infrage, das weißt du doch!, resümiert sie mit Nachdruck und zwingt sich, nochmals die drei Stufen zu dieser Tür zu nehmen.

Das Herz drückt gegen die Rippen, der Hals ist zugeschnürt.

Noch ein Schritt, und sie ist da – und doch nicht. Es ist nämlich, als stünde ihr Verstand noch auf der Straße, nur ihr durchsichtiges und verängstigtes Herz hebt die Hand, klopft sorgfältig an die dicke Tür.

Das ist jetzt das letzte Mal, Herr, danach gebe ich ein für alle Mal auf, denkt sie. Ich kann nicht mehr.

Heidi sorgt sich, weil Niki schwankt. Ob sie die ganze Sache abbrechen soll?

Dumpf schlagen Nikis Knöchel ein einziges Mal gegen das Türblatt. Die Kälte schluckt den zaghaften Hieb, der sich in den glucksenden Tropfgeräuschen der schneebedeckten Hausdächer und dem sanften Rauschen der Langstraße abseits der roten Meile verliert.

Niki nimmt nichts mehr wahr, sie lauscht nur noch gebannt an der Tür.

Doch nichts geschieht.

Tieftraurig legt sie den Kopf gegen die Tür.

Jetzt bin ich endgültig auf der Verliererseite angekommen, denkt sie und dreht sich um. Sie spürt, wie ihr das gesamte Innenleben mit all seinen seelischen Facetten in eine seltsam dumpfe Konturenlosigkeit entgleitet, und auf einmal fühlt sie sich schrecklich leer.

«Schade», sagt Heidi enttäuscht. Sie hält Niki am Arm fest, damit sie nicht stolpert.

Langsam lassen sie vier oder fünf graue und schwarze Häuser hinter sich. Auf den Geschenken, der Thermoskanne und dem Kuchen im Korb liegt nasser Schnee, ein sturzbetrunkener Mann pinkelt ungeniert an die Wand eines Hauses. Niki beachtet ihn kaum, die Luft scheint ihre Nase zu lähmen, und ihr Herz hört vor lauter Enttäuschung auf zu schlagen.

Doch plötzlich knallt es. Metall auf Metall. Hart schlagen die Bolzen aufeinander, und eine Holztür quietscht laut und deutlich.

Einen Moment lang bleibt Niki stehen, schwermütig und blutleer. Sie dreht sich langsam um und starrt in die Düsternis.

«He!», ruft eine leicht herrische, beinahe kreischende

Stimme laut gegen den Schnee. «Weshalb wartet ihr nicht, wollt ihr nicht eintreten?!»

Die beiden setzen sich in Bewegung, die Schritte werden schneller, erreichen die kleine Treppe zur Tür, sie steigen die drei Stufen hoch, staunen. Nikis Herz setzt wieder ein, sie atmet schnell, unregelmäßig, und hält sich an der Türzarge fest.

«So, nun lernen wir uns also endlich kennen», sagt Mata laut und provozierend. Kommt, kommt, bedeutet sie mit der Hand, tretet endlich ein. «Los, es ist kalt. Macht schon. Wir wollen hier drin nicht erfrieren.»

Niki und Heidi treten in einen abgedunkelten Vorraum, stellen sich Mata vor.

«Denkt ja nicht, ich tue das für euch», sagt Mata. «Meine Damen wollten, dass ich euch öffne.»

Nikis Puls springt in ihrem gesamten Körper auf höchste Frequenz, sie schreitet aufgeregt voran, dem verlockenden Licht entgegen, das auf ihrem Gesicht ein Netz an Streifen hinterlässt. Ihre Augen öffnen sich vor Freude über die spärliche, aber irgendwie beseelte Weihnachtsdekoration im Salon. Da ist ein winziger Tannenbaum mit lila Glaskugeln und viel zu großen Kerzen, dazu zwei blaue Kerzen auf dem Salontisch, gleich daneben liegt ein gläserner Engel mit einem angebrochenen Flügel und lächelt verschmitzt.

Immer mehr Frauen erscheinen auf der Treppe, lachen und wundern sich über Niki und Heidi.

«Hallo, mein Name ist Virva.»

«Und ich bin Mia.»

«Das hier ist Evelyn. Man nennt sie Eve.»

Sie drängen sich in den kleinen Vorraum, der voller Bilder ist. Aufreizende Requisiten und kuriose lila Federn hängen an der Wand, da ist auch ein gelbes Tuch, das vermutlich ein Loch im Putz verdeckt, ein Bild von einer einsamen Insel in der Karibik oder zumindest von einem Ort, wo die meisten Tage im Jahr die Sonne glüht.

«Wir haben euch schon so oft gesehen!», sagt Virva überraschend.

«Ihr tragt aber einen merkwürdigen Hut», bemerkt Mia, und sie umarmt Niki ohne Zögern und sehr herzlich.

«Wollt ihr eine Tasse heißen Tee?», fragt Mata etwas mürrisch. Sie verabscheut Zärtlichkeiten, schubst die beiden leicht beiseite: Macht Platz, los, hier entlang. Dann zeigt sie auf die weiße Kanne, die auf dem Salontisch dampft.

«Nein, nicht nötig», sagt Niki etwas verschüchtert, doch Heidi hebt die Stimme. «Ja, natürlich, gerne», sagt sie ein wenig forsch, um jede herausgelockte Minute mit den Frauen zu sichern. Sie zwinkert Niki zu, die plötzlich Dankbarkeit für ihre sonst so ungeschickte Kollegin verspürt. Gerade hier ist Heidi unersetzlich, sie lässt sich nicht so schnell aus dem Konzept bringen.

«Zieht eure Mäntel aus. Wollt ihr hier alles volltropfen? Das gibt eine fürchterliche Sauerei», schimpft Mata, aber Niki fühlt sich nun sicherer, weil Heidi ja bei ihr ist.

Soll sie doch schimpfen, denkt sie. Hauptsache, wir sind endlich hier.

Die beiden legen schnell die Mäntel ab und hängen sie an die zahlreichen Kleiderhaken an der Wand.

Niki sieht Mata fragend und mit Staunen an. Sie sieht sieben Frauen in aufreizender Kleidung, nur eine trägt graue Trainingshosen. Alles ist sauber und aufgeräumt, ein schwerer Duft liegt in diesem Raum, dem Salon Bleu mit der zurückhaltend beleuchteten Bar in der Ecke. Parfum und Zitrone, Schweiß und Marzipan, und als könnte die Hausmutter ihre Gedanken entziffern, sagt Mata stoßweise und bedauernd: «Wir haben euch immer gesehen, jeden Dienstag seid ihr gekommen. Schon erstaunlich, euer Durchhaltewille, aber auch etwas dumm, finde ich. Aber was wollt ihr überhaupt hier?», fragt Mata immer noch leicht missmutig.

«Wir haben euch Geschenke gebracht», erklärt Niki. «Es sind Kleinigkeiten, die wir euch zu Weihnachten übergeben möchten.»

Mata reckt ihren dünnen Hals, schaut neugierig in die beiden Körbe. Ihr Blick ist etwas verächtlich, er sagt: «Was könnt *ihr* uns schon Gutes bringen?»

Doch die anderen Frauen drängen sich um die Körbe, sie greifen nach den sorgfältig eingehüllten Gaben und kichern. Stimmen erheben sich, ein belustigtes Jauchzen, Erstaunen und Gelächter.

Mata schenkt Tee ein, sie bleibt im Hintergrund, beobachtet.

«Beeilt euch», sagt sie nun etwas überspannt. «Wenn Art wiederkommt, dann kann ich euch nicht vor ihm schützen!»

Die Frauen schweigen abrupt, starren alle auf Niki und Heidi, werden unruhig. Was passiert, denken sie, wenn jetzt Art plötzlich auftaucht? Er könnte erneut völlig überraschend hereinplatzen, nach irgendetwas fragen, vielleicht hat er sogar etwas vergessen!

Eine erdrückende Stille folgt, niemand weiß so recht, was zu sagen ist.

Nur Heidi kramt in ihrem Korb und hält etwas hoch, dann sagt sie: «Ach, wisst ihr, wir haben auch noch Kuchen, Gummibärchen und Rasierschaum dabei, irgendetwas davon wird ihm schon gefallen.»

Alle lachen nervös, tuscheln weiter über die Geschenke. Der Trubel um den Korb baut sich erneut auf, jetzt beginnen sie alles auszupacken und die Döschen und Tuben zu öffnen, die eine Duftmischung aus wohlriechenden Ölen und Essenzen enthalten.

Niki setzt sich nun auf das Sofa im Salon Bleu, sie durchpflügt mit ihren Augen den Raum, sucht nach Hinweisen, Gesprächsthemen, nach dem Leben dieser Frauen, das ihr bisher noch sehr fremd erscheint.

«Dich habe ich schon sehr oft mit dem Obdachlosen sprechen sehen. Der mit dem Hund.»

«Das ist Patrick», sagt Niki, glücklich über den neuen Gesprächsfaden. «Er lebt schon lange hier in der Nähe.»

«Der wollte mal mit seinem Hund hier rein, als es aus Kübeln schüttete», erzählt Evelyn und fährt sich durchs gefärbte Haar. Sie wirft einen unsicheren Blick auf Mata.

Niki schaut neugierig um sich.

«Und?»

«Bestimmt hat sein Hund Ungeziefer, außerdem stinkt er», beeilt sich Mata zu sagen. «Ich hasse Ungeziefer im Haus.» Und beinahe rechtfertigend sagt sie leise: «Er wollte den Hund nicht alleine vor der Tür lassen.»

Niki nippt an ihrer dunkelroten Teetasse, es ist ein grüner Kräutertee, und sie spürt plötzlich eine altbekannte Traurigkeit: Wie schnell die Menschen doch in ihrem Urteil sind! … Haben sie denn keine Geduld, Ungebetenes auszuhalten?

Als müssten sie mit Kritik Unfertiges vervollständigen, denkt sie. Aber ich bin ja oft auch so …

Jetzt wird sie von den Frauen angestupst, sie geben ihr zum Dank die Hand, sagen etwas, erzählen, gestikulieren. Niki versteht sie kaum im großen Stimmenlärm.

Aber vielleicht ist ja alles ganz anders. Vielleicht kommt das Ungenaue, das Flickwerk, der Absicht der Schöpfung mit Abstand am nächsten, sinniert sie.

Jetzt denkt sie wieder an Patrick und an seinen Hund, und sie spürt ihr Mitgefühl für die beiden. Wie gut es doch wäre, diese menschlichen Rangordnungen endlich aufzubrechen, überlegt sie zwischen all den Frauen, den Stimmen und der Fröhlichkeit, dem Gefühlsgewirr und dem warmen Kerzenduft. Und was ist mit mir, kann ich es auch – Rangordnungen aufbrechen?

Im Salon wird es heiß, und Niki legt umständlich ihr blaues Jäckchen ab.

Alle sprechen durcheinander, die Stimmung ist gut. Trotzdem versinkt Niki ganz in ihrem Tagtraum, während sie Heidi beobachtet.

In einigen Jahren vielleicht, wenn ich älter bin, werde ich es gelernt haben, überlegt Niki ungeduldig, so wie Heidi ganz unkompliziert den Menschen zu begegnen, egal, was sie von mir halten. Heidi versteht es, den Menschen auf Augenhöhe zu begegnen. Sie ist zwar manchmal hölzern, doch handelt sie intuitiv, sie kennt diese Realität mit all ihren unerwarteten Eigenschaften, und sie stellt sich ihr in ihrer Unvollkommenheit.

«Ihr seid verrückte Weiber, wisst ihr das eigentlich? Hier, in dieser Straße, könnte euch etwas zustoßen, es gibt viele seltsame Leute, und unser Chef hält überhaupt nichts von euch», wirft ihnen Mata jetzt vor. Sie steht breitbeinig vor ihnen, die Fäuste auf den Hüften, die Ellbogen weit von sich gestreckt.

«Weshalb habt ihr uns denn überhaupt reingelassen?», fragt Niki mit einer schüchternen Vogelstimme, und Heidi stößt ihr den Ellbogen in die Seite. Nur keine verfänglichen Fragen stellen, sonst werfen sie uns gleich wieder raus, will sie damit sagen.

«Unser Chef ist nicht hier, er hatte einen Unfall. Er schrieb mir eine Nachricht, wies mich an, auf die Frauen aufzupassen, damit sie nicht ...» – jetzt stockt Mata etwas verlegen. Sie muss die passenden Worte zusammensuchen und zurechtlegen, einen klaren Kopf bekommen. Was darf sie überhaupt sagen, und was soll sie verheimlichen?

Gott sei Dank, denkt Niki erleichtert, der Zuhälter ist diese Nacht also gar nicht hier.

Niki erkennt jetzt, was Mata sagen will, aber sie verbirgt ihre Kenntnisse von den Angelegenheiten in den Salons, den Drohungen gegen die Frauen, den Geldforderungen und den Nötigungen. Stattdessen beginnt sie zu lächeln, ein erleichtertes Lächeln, und sie sagt ablenkend: «Ach, ihr habt auch einen Weihnachtsbaum?»

Und nun beginnen wieder alle auf einmal zu sprechen: «Ja, der kleine Baum ist vom Markt am Helvetiaplatz!» – «Wir konnten ihn kaum aufstellen, der Metallfuß ist zu groß.» – «Und die Kerzen sind viel zu schwer, meine Güte, aber wir hatten keine anderen.» – «Wir wissen, dass es lächerlich aussieht, aber trotzdem ist es schön, einen Baum zu haben, weil die Kerzen schön sind, wenn sie leuchten, sehr schön.»

Die Anspannung löst sich immer mehr, die Worte sprudeln nur so aus ihnen heraus, und alle sitzen in einer Runde. Sie legen die Beine übereinander, wedeln mit ihren Haaren und der Tüllkleidung, trinken so viel Tee, dass die Teetassen klirren, die Löffel klappern und der braune Zucker über den Salontisch perlt.

Plötzlich wird Niki unruhig, sie hat das Verlangen, alles in diesem Raum zu berühren. Sie geht am Esstisch mit der blauen Tischdecke vorbei, an dem grünen Sofa, und sie streift mit ihrem Zeigefinger dabei kurz den Tisch und den glänzenden Stoff des Sofas.

Die bunten Kissen gefallen ihr, überhaupt hat hier alles seine Ordnung, was ihr sehr zusagt. Das ist ganz ungewohnt für ein derartiges Etablissement.

Sie beginnt ihre inneren Bilder, die sie beim erfolglosen Vorübergehen in den letzten Jahren immer wieder vor Augen hatte, mit der Realität dieses Salons zu vergleichen. In Wahrheit sieht alles immer anders aus, denkt sie.

Ungefähr nach einer halben Stunde Reden und Zuhören, Lachen und Staunen, klopft es erneut an der Tür. Mata erschrickt, sie wird auf einmal ganz klein, erhebt sich und schleicht zur Eingangstür.

Laut schiebt sie den Riegel zurück und öffnet die Tür. Alle lauschen gebannt, und Niki steht schwer atmend, aber mutig auf, um sich für eine Auseinandersetzung mit dem Zuhälter und Chef des Hauses bereit zu machen. Sie schließt die Augen und lässt die Luft durch ihren Körper fließen.

Einfach Ruhe bewahren, denkt Niki. Das wird schon.

Doch plötzlich knickt sie ein. Sie hat das ganze Jahr darauf gewartet, hier Einlass zu erhalten. Warum wird sie nun von Angst und einer tiefen Traurigkeit erfüllt?

Angestrengt lauscht sie und beginnt am ganzen Leib zu zittern, die Hände, die Knie, ihr Brustkorb – alles bebt. Die Frauen spüren ihre Angst, sie stellen sich eilig neben sie, berühren ihre Arme und Schultern. «Habt keine Angst, wir sind hier», sagen sie.

Sie hören eine tiefe Stimme. Es ist ein junger, nach einem starken Eau de Cologne duftender Mann mit Bart, der vor der Tür steht. Helles Haar, schwarzer Schal, gut gekleidet und freundlich um Einlass bittend. Doch Mata schüttelt sogleich den Kopf und sagt ihm erleichtert und beinahe vergnügt: «Oh, bedaure, mein Herr, wir haben heute ausnahmsweise geschlossen.»

Er will etwas sagen, aber Mata dreht sich weg und wirft die Tür hinter sich zu. Ohne schlechtes Gewissen.

Überrascht und erleichtert sehen sich die Frauen im dämmrigen Salon an. Die Nachricht flößt ihnen neues Leben ein, und sie werfen sich verschwörerische Blicke zu.

Mia holt ihre Gitarre aus schwarzem Holz, und Niki beginnt, jetzt wieder ganz entspannt lachend, die restlichen Geschenke zu verteilen. Die Frauen schnuppern an ihrer Kosmetik. Wie lange ist es her, dass sie ein Geschenk erhielten? Jetzt ist es, als hätten Niki und Heidi mit diesen Fläschchen und Crèmes in ihrem Innern einen Schlüssel umgedreht. Die Frauen sind ausgelassen, tupfen sich Parfum an den Hals, erzählen sich kleine Geschichten und machen einander Komplimente.

Heidi zieht mit, sie massiert Virva vorsichtig die Hände mit der neuen duftenden Handlotion. Virva genießt den gedankenleeren Moment und verharrt einen Augenblick in der Wohltat. Jetzt ist sie froh und beginnt aus einer Laune heraus ein schwermütiges Lied aus Rumänien zu singen, ein Lied, das ihre Mutter immer an Weihnachten sang.

Ein sanftes Staunen ist in den Gesichtern zu lesen, als Mata die Kerzen des kleinen Tannenbaums anzündet.

Manche der Frauen legen die schlanken Arme um den Oberkörper, als würden sie sich selbst umarmen, verfallen in Nachdenklichkeit und Wehmut.

Und bald darauf beginnt jemand ein Weihnachtslied zu singen, manche stimmen mit ein. In allen Sprachen singen sie plötzlich winterlich-weihnachtliche Lieder, auf Bulgarisch, Rumänisch, Deutsch und Italienisch, und es ist eine Leichtigkeit in der Luft, die wärmt und tröstet.

«Ladies», sagt Heidi in diese Situation hinein, «wir genießen es echt mit euch. So schön! Wir würden zu gerne ein Gebet sprechen. Erlaubt ihr uns das?»

«Hm, das hatten wir hier noch nie», sagt Mata. «Das ist ja mal was ganz Neues … Aber nun, warum nicht?»

«Oh ja», seufzt Virva. «Das gehörte bei uns an Weihnachten auch immer mit dazu.»

Niki wirft Heidi einen kurzen Blick zu, er sagt: Heidi, komm, mach *du*.

Heidi schließt die Augen. Alle anderen tun es ihr gleich. Ein seltsam heiliger Moment, irgendwie. Und sie wendet sich an Gott und beginnt zu beten:

«Jesus Christus, wir kamen in dieses Haus, um unsere Geschenke zu verteilen. Diese Frauen hier haben uns die Tür geöffnet, und jetzt sind *wir* die Beschenkten.

Dass es so ein wunderbarer Abend würde, hätten wir vorher niemals erwartet. Danke, dass du mitten unter uns bist, hier in unserer Gruppe, und dass du jede Einzelne von uns kennst und liebst. Heute feiern wir Weihnachten, den Tag deiner Geburt. Wer wären wir ohne dich? Bitte schenk uns deinen Frieden und lass uns nicht allein. Lass uns spüren, dass wir nicht vergessen sind. Hilf uns, die Last unseres Lebens zu tragen und immer wieder Wege zur Hoffnung und zu echter Liebe zu finden. Nimm uns an deine Hand und segne uns, Heiland. Amen.»

Als Heidi wieder in die Runde blickt, schaut sie in verweinte Augen – Niki an vorderster Stelle …

Da setzt sich eine rätselhafte Frau neben Niki, die sich plötzlich eng an sie schmiegt. Sie hat Vertrauen gefasst, sie weiß selbst nicht, weshalb. Es ist Claire, ihr Blick ist stets gesenkt, auch sie hat an diesem Abend gesungen, aber ganz leise, als müsste sie ihre Stimme bewahren.

Jetzt möchte sie Niki etwas ins Ohr flüstern, aber nur ein leises Seufzen ist zu hören.

Claire würde dieser Niki gerne sagen, dass ihr die kleinen Geschenke gefallen, dass sie sich hin und wieder fürchtet vor ihrem Leben, dass sie manches davon regelrecht verabscheut, die Drogen und die Arbeit, und dass sie sich über jemanden wie sie freuen würde, jemanden mit der Geduld wie diejenige eines anhänglichen Hundewelpen – unentwegt jede Woche nachts durch die rote Meile tappend, ohne Erwartungen – ja, eine Freundschaft, das wäre gar nicht schlecht.

Aber sie schweigt lieber, will nichts Verkehrtes sagen, verbietet sich, solchen Unsinn zu reden.

Die Zeit zieht allzu schnell an ihnen vorbei, und die Kerzen verlöschen, nachdem sie den Boden vollgetropft haben. Die kleine Weihnachts-Gesellschaft erhebt sich, alle gehen gemütlich zur Treppe.

«Wir wollen schlafen gehen», sagen sie. «Wir sind sehr müde.»

Natürlich sind diese Frauen Nachtarbeit gewohnt. Das ist nicht der Punkt. Nein, es sind die Emotionen der Seele, die sie müde werden lassen, da kam so viel Verschüttetes an die Oberfläche vorhin …

Man schließt sich in die Arme und küsst sich auf die Wangen, herzliches Händedrücken und große Versprechen. Man will sich wiedersehen.

«Auf bald, auf bald, wartet nicht zu lange, kommt wieder, auch wenn unser Chef hier ist, wir werden schon fertig mit ihm, wartet nur ab!»

Die Treppe knarrt, und die Frauen kichern, verziehen sich in ihre Zimmer, Ruhe kehrt ein.

Nur Mata und Claire stehen noch etwas verloren da im Flur vor dem sonnigen Inselbild mit den Palmen, das sonderbar anmutet in dieser Nacht.

«Verschwindet endlich und passt auf euch auf!», sagt Mata ein bisschen rabiat. «Verrücktes Weibervolk!», lacht sie und scheucht die beiden Frauen den Flur entlang zur Tür.

Doch auf einmal dreht Niki sich um und sagt zu Mata – aus einer Gemütsregung heraus:

«Danke, dass du für uns die Tür geöffnet hast. Heute war ich so verzweifelt, aber bei euch konnte ich endlich wieder Hoffnung schöpfen. Ich sehe, wie du mit den Frauen sprichst und wie gut du für sie sorgst. Ich danke dir.»

Mata ist erschüttert über diese Worte, sie kann es nicht fassen. Auf jede Bemerkung findet sie sonst schnell eine angriffige Antwort, weiß sich gut zu verteidigen. Doch diesen Worten ist sie fast schutzlos ausgeliefert. Ihre Suche nach einer Antwort geht ins Leere, deshalb stockt sie.

«Nichts für ungut, dass ich euch bisher immer ausgeschlossen habe», entgegnet Mata plötzlich sehr leise und vorsichtig. «Ich weiß jetzt, ihr meint es wirklich gut mit uns.» Sie blickt Niki mit einem tiefen Ernst in die Augen, und nun beginnen ihre eigenen Augen ungleichmäßig zu schimmern und suchen ratlos ein neues Ziel.

«Immer seid ihr gekommen, habt unsere Tür niemals ausgelassen. So oft habe ich euch beobachtet. Ich weiß jetzt, ihr seid nicht wie alle anderen», lässt Claire ihrerseits einfließen.

Mata beeilt sich mit Sprechen, bevor ihre Stimme in kleine Einzelteile zerfällt. Doch erst fährt sie sich übers Gesicht, sie reibt sich aufgeregt die Wange, blickt dann verlegen auf ihre Füße und sagt: «Auch wir danken euch. Ich habe lange Zeit nicht mehr daran gedacht. An Gott, meine ich, aber jetzt weiß ich, Gott hat uns doch nicht verlassen. Nein, er hat uns nicht verlassen! ...»

Jetzt lächelt Niki schüchtern. Was soll sie dazu sagen?

«Du hast ein aufrichtiges und gutes Herz, Mata. Wusstest du, dass Jesus jenen Menschen Freude, Glück und ein gelingendes Leben zuspricht, die Barmherzigkeit annehmen und auch Barmherzigkeit schenken? Du bist so ein Mensch, du verschenkst dich an diese Frauen hier.»

Die Hausmutter rührt sich nicht, was soll sie mit diesen Worten bloß anfangen? Noch nie hat jemand mit ihr auf diese Weise gesprochen, unbefugt diesen ihren Boden in ihrem Innenland betreten, weder ein noch aus weiß sie jetzt, deshalb schweigt sie einen Augenblick mit leuchtenden Augen und entfernt sich dann hastig. – «Schließ die Tür mit dem Riegel, wenn sie gehen», ruft sie Claire zu, und ihre Stimme klingt streng und krächzend.

Die Kirchenuhr schlägt fünf Uhr morgens.

Claire öffnet die Tür, und es sticht ihnen eine schreckliche Kälte entgegen.

«Ich erwarte euch nächste Woche, ich warte jeden Tag auf euch», sagt sie beinahe unhörbar. Und jetzt drückt Claire Niki einen kleinen Zettel in die Hand und umarmt sie. Sie hält Niki sehr innig in ihren Armen.

Niki schluchzt leise auf und legt ihr Gesicht zitternd und überglücklich in Claires Schulter.

«Wir kommen wieder», sagt Niki, und sie spricht aus großer Erleichterung. Und aus Zuneigung, aus Verständnis, aus Verbundenheit.

Und während sie sich auf den Heimweg machen, wird Niki plötzlich klar, dass das hier unter Umständen die Lösungsformel ist für ihre vielen Fragen. Man darf die Menschen nicht einfach aufgeben, sinniert sie glücklich. Man soll die Felder niemals trockenlegen, soll die Quellen im Ackerland erschließen und die Erde pflügen, und manchmal, wenn es angebracht ist, auch Grundstücksgrenzen überschreiten – auch wenn unsere Fürsorglichkeit bisweilen unvollkommen und lückenhaft ist.

Nun aber umgibt die Straße eine tiefe Stille. Alles schläft, und die letzten Lichter in den Häusern verschwinden. Trotzdem sprechen die beiden Frauen aufgewühlt miteinander, während sie an geschlossenen Schnapsläden, Bars und Friseursalons vorbeigehen. Dann trennen sich ihre Wege, und Heidi verschwindet in der Dunkelheit des Helvetiaplatzes.

Abseits der Lichter im Niemandsland heranrückender Straßen und Hauswände ist nur das Bellen eines Hundes zu hören. Niki hält unweigerlich inne und erforscht unter einer müden Laterne den kleinen Zettel in ihrer Hand. Darauf stehen in winzig kleinen Buchstaben Claires Name und ihre Telefonnummer.

Kapitel 9

Ohne Schuld

Das erste Licht fällt in den Weihnachtsmorgen des 25. Dezembers. Die Sonne leuchtet hinter jedes Glas, in jede Ecke, auf die Bahntrassen, die schmutzigen, von Matsch belegten Straßen, die Menschen, auf müde Gesichter und Hände. Alles beginnt zu schimmern, dreht sich nach der Sonne.

Am Himmel stehen wenige Wolken, und der Schnee liegt knietief auf der Wiese im Park des Pflegeheims. Kinder legen sich in den Schnee, sie zeichnen mit Armen und Beinen Engelsflügel. Schneekristalle blitzen auf und blenden Milena, die am Fenster sitzt und den Kindern zuwinkt.

In ihrem Zimmer leuchten die Schnittblumen in bunten Farben, und die Sonne wirft sanfte Streifen auf die hellgrüne Tapete im Zimmer. Milena trägt etwas

Farbe auf ihren runden Lippen, und ihre Haut wirkt in diesem Licht fahl. Das Haar ist lang und grau, es liegt über ihren Schultern. Sie hat in den letzten Jahren im Pflegeheim zugenommen, besitzt nun keine perfekte Figur mehr, nicht so wie damals, als sie noch in der roten Meile arbeitete.

«Bist du das?», fragt sie gegen das Fenster gerichtet und lauscht gespannt, reckt ihr Ohr, sie hört noch alles, was sie gerne hören möchte.

«Niki?»

Auf ihrem Nachthemd sind Rosen, wild verstreut, in einem sonderbar unruhigen, aber heiteren Stoffmuster zu sehen.

«Und ich schulde niemandem etwas», sagt Milena nüchtern.

Ihr Pfleger wirft das Bettzeug über die Stange am Fuß des Bettes, reißt die Fenster auf und fragt: «Wem sollten Sie etwas schulden?»

Kalte Luft strömt Milena ins Gesicht und über die Bettwäsche, über alle Oberflächen im gut geheizten Zimmer.

«Ich?», fragt Milena.

«Ja, Sie», sagt Antony, der brasilianische Pfleger.

Sie öffnet den Mund und setzt zum Sprechen an.

Aber es fällt ihr kein Beispiel ein. Hat sie überhaupt jemals Schulden gehabt? Milena überlegt angestrengt.

«Schulde ich dir etwas?», fragt sie den Pfleger.

«Nein, nein, Sie schulden mir absolut gar nichts.»

Seit einer Woche wartet Milena bereits geduldig an diesem Fenster auf ihren Besuch.

Die Kinder kreischen im Schnee, und Milena nippt an ihrer Schnabeltasse. Der Tee schmeckt fruchtig und leicht, und Antony hat ihr verbotenerweise viel Zucker in die Tasse gegeben.

Damals, vor drei Jahren, als sie noch in der roten Meile arbeitete, tranken sie aus Champagnergläsern, jeden Abend, so viel wie nur möglich. Und sie lachten mit den Männern und kippten den Champagner in den Teppich oder in die Erde der Blumentöpfe und schwiegen, wenn die Kunden mit dem Kopf auf dem Tresen einschliefen.

Damals, in der Bar, aßen sie nur Salziges, Nüsse und Knabberzeug, dabei liebte Milena Süßigkeiten.

Milena bekam schon bald ein Alkoholproblem und konnte nicht mehr mit dem Trinken aufhören.

Ihre Familie in Brasilien wusste nichts von ihrer Arbeit. Sie dachten, Milena sei Haushälterin in einer

Schweizer Familie. Das Geld, das sie jeden Monat schickte, nahmen sie gern. Davon mieteten sie eine Wohnung in einem besseren Viertel, kauften sich einen Gebrauchtwagen, leisteten sich einmal im Jahr Ferien am Meer.

Danke, liebe Milena, dass du an uns denkst, schrieben sie ihr auf einer lustigen Postkarte mit vielen Lachgesichtern, und Milena klebte das Foto von der Eisdiele mit dem Strand- und Palmenhintergrund an ihr zerbrochenes Fenster in der roten Meile.

Später wurden die Postkarten und die Lachgesichter seltener und die Bitten um Geld häufiger. Ab und an rief Milenas Mutter an, um sich zu erkundigen, ob ihr die Arbeit in dem Haushalt gefalle, ob sie in der Schweiz Freunde gefunden habe, ob die Schweizer wirklich so still seien, wie man sagt, und ob sie bald wieder einmal nach Hause komme.

«Es ist nicht leicht hier, ohne deine Hilfe», sagte die Mutter, und Milena plagte das Gewissen, weil ihre Mama unter einem krankhaften Raucherhusten litt. Auch ihre Tante Feli und Onkel Luiz lebten vom Geld von Milena, aber davon hatte sie nie etwas erfahren.

Verspätete sie sich mit den Zahlungen, erkundigte sich schon bald die ganze Familie in Brasilien nach Milena: Was ist passiert? Gibt es Probleme? Melde dich! – was sie als freundliches Zeichen aufnahm.

Milena hatte schnell gelernt, sich in der roten Meile zurechtzufinden, sich so auszustaffieren wie die anderen Frauen, mit hohen, dünnen Absätzen, kurzen Röcken und toupiertem Haar, so wie es die Kunden mochten. Von ihren Kolleginnen in der Bar wurde sie bald gut aufgenommen, weil Milena echtes Interesse an ihnen zeigte, keinerlei unbeholfene Berührungsängste kannte und ihnen in Schwierigkeiten immer half. Sie war auch nicht nachtragend, und wenn sie von jemandem beleidigt wurde, dann sprach sie einen Tag lang nicht mehr mit dieser Person, um danach wieder von neuem freundlich und hilfsbereit zu sein.

Wenn die Frauen nach der Arbeit endlich in ihren schmalen Betten einschliefen, strickte Milena für ihre Neffen und Nichten in Brasilien noch kleine Strümpfe und Käppchen, die sie zu Weihnachten, sorgfältig in blassrotes Seidenpapier verpackt, in ihr Heimatland schickte.

Ab und zu hätte sich Milena einen Partner gewünscht, jemanden, dem sie in ruhigen Stunden hätte die Dinge erzählen können, die sie nicht verstand in ihrem Leben. Und wenn gegen Morgen die Stricknadeln leise klapperten, dann hätte sie sich gerne an jemanden angelehnt, gerade so, wie sie war: ungeschminkt, im bunten Flanellnachthemd, das Haar zusammengebunden und mit einer rauen Stimme, die sehr warm wurde, wenn jemand ernsthaft ihren Worten lauschte.

Als Milena das erste Mal von Niki und ihrer Kollegin besucht wurde, war sie bereits sehr kränklich. Sie saß in einem dunkelblauen Sessel und trank heißen Tee.

«Dürfen wir hereinkommen?», fragte Niki damals. «Natürlich, aber legt eure Sachen ab», sagte Milena zu ihr und blieb sitzen.

Niki und Heidi schlüpften aus ihren Heilsarmee-Mänteln und legten sie aufs Bett. Dann setzten sie sich und sahen sich nur an. Milena musterte die schlanke junge Frau, ihre kantigen Schultern, das Lächeln mit den Grübchen und den traurigen Augen. Sie musterte die zwei Heilsarmistinnen und überlegte, was sie wohl von ihr wollten.

Aber Milena konnte warten; sie hielt einfach nur die Tasse hoch, fragte wortlos, ob sie einen Tee wollten.

Die beiden schüttelten den Kopf und begannen zu sprechen. Sie fragten, wie das Geschäft laufe, ob die Arbeit in Ordnung sei, ob sie Schwierigkeiten mit ihrem Zuhälter habe.

«Nein», war die Antwort. «Aber das Geschäft läuft nicht mehr gut, denn ich bin krank geworden, und mein Zuhälter hat mich fallenlassen. Wer will schon eine kranke Angestellte?»

Und während sie das sagte und Nikis traurige Augen beobachtete, die noch fragender wirkten als zuvor, dachte Milena an ihre Familie in Brasilien. Sie dachte an ihren Sohn, der ihr soeben einen Brief aus São Paulo geschrieben hatte.

Mama, ich bin jetzt im vierten Semester. In vier Jahren mache ich meinen Abschluss, und dann werde ich dich nach Hause holen, und du wirst in meinem Haus leben, mit meiner Frau und meiner Familie. Du wirst dein eigenes Zimmer haben und wirst dir die Möbel und die Vorhänge aussuchen. Kannst du dir das vorstellen?

Ja, Milena stellte es sich vor. Aber weder die Wohnung noch die Vorhänge sah sie vor Augen, sondern ihren Sohn, den sie jahrelang nicht mehr gesehen hatte, dessen Augen mit jedem Jahr mehr aus ihrer Erinnerung verschwanden. Sie sah die zukünftige Frau, die er wohl bald an der Universität kennenlernen würde, die Enkel, die bald um sie herumhüpfen würden, voller Energie: «Oma, spielst du mit uns?»

Mama, schrieb er, *ich hoffe, du bist glücklich.*

Sie dachte daran, wie sie ihm damals vor seiner ersten Kommunion das Haar schneiden wollte, das schwarze, dichte Haar, das sich wie Borsten anfühlte, wenige Wochen, bevor sie ihn bei ihren Eltern zurücklassen musste und in die Schweiz reiste.

«Ich schulde ihnen doch Geld, ich muss doch meinen Sohn unterstützen, meinen kleinen Jungen. Er will studieren», sagte Milena zu Niki, und in ihrer Stimme lag Unzufriedenheit, vielleicht auch Wehmut, und ihre Augen suchten den Raum ab, den kleinen lila Raum: vierzehn Quadratmeter plus ein winziger Kühlschrank.

Einmal, als junge Frau, da glaubte Milena, dass alles möglich sei im Leben: Gleichbehandlung aller Völker und aller Menschen, Gewaltlosigkeit, Frieden in allen Staaten. «Wozu Grenzen? Wir sind doch alle auf ein und derselben Welt!», sagte sie zu jedem in Brasilien, der sich damals mit der jungen, politisch aktiven Frau anlegte.

Sie organisierte mit ihren Freunden Demonstrationen gegen die Erdölförderung und gegen die Verschmutzung der Natur. Sie kämpfte gegen Waldrodungen und gegen die Goldgräber, die mit der Quecksilber-Methode Gold gewannen und damit die Böden belasteten. Widerstand, so dachte sie, ist die einzige Möglichkeit, diese Welt zu verändern und zu bewahren.

«Wie kann es in einem Land, in dem es über dreitausend verschiedene Fischarten gibt und wunderschöne Papageienarten leben, solche Missstände geben?», fragte sie damals jeden, der nicht an die Wirkung von Widerstand und Protest glaubte.

Später, als sie ruhiger und konzentrierter wurde, begann Milena plötzlich an Vergebung zu glauben. Wie eine Urgewalt drang die Botschaft in ihr Leben ein, dass Gott alle Fehler vergeben könne. «Was für eine unverschämte Nachricht», sagte sie zu ihren Freundinnen, die mit staunenden Augen nicht fassen konnten, dass Milena, ihre kämpferische, superaktive Milena, so etwas Friedfertiges glauben konnte. «Diese Botschaft kann Konflikte lösen und Ungerechtigkeit vorbeugen», rief sie ihren Freundinnen zu, die sich weiterhin in Demonstrationen engagierten.

Milena wurde eine dogmatische Frau und sah in der Versöhnung die mögliche Lösung aller Probleme in der Welt. Sie verachtete Besitztum immer mehr und sprach jetzt stets über die großen Dinge des Lebens: über Glück, Freiheit, Glauben, seelische Tiefen, Leben und Tod – mit den Freiern und mit allen Frauen, die sie traf.

«Es scheint, dass unsere *eine* Welt für diese Menschheit nicht ausreicht», sagte sie, wenn sie an die Gier der Menschen dachte. Oder: «Wir denken, wir nehmen uns, was uns gehört, dabei verlieren wir alles, was uns geschenkt wurde.»

Und später, als Milena bereits in Zürich in einem Salon arbeitete, weil sie sich der Familie verpflichtet fühlte, dachten die Leute: Diese Frau hat so viel Lebenserfahrung, aber mit diesem Wissen müsste so jemand doch einen anderen Beruf haben, nein? Und obwohl Milenas Worte von Bedeutung waren, verwarfen die Leute ihre Bewunderung für diese Prostituierte schnell, weil beides in ihren Augen nicht zusammenpasste, und so vergaßen sie Milenas Worte wieder. Es lebte sich besser so …

Seit ihren Schwäche-Anfällen füllte Milena den Kühlschrank ausschließlich mit Joghurt, Milchreis und Tortenstücken, etwas anderes mochte sie nicht mehr zu sich nehmen. Trotzdem wollte sie das Flugticket von der Heilsarmee nicht akzeptieren, weil sie sich bereiterklärt hatte und sich deshalb verpflichtet fühlte, für ihre Familie in Brasilien zu sorgen und ihren Sohn im Studium zu unterstützen.

Einige Monate später wurde Milena in ein Pflegeheim gebracht, sie war gerade fünfundfünfzig Jahre alt und hatte einen Zusammenbruch erlitten.

Antony, ein 24-jähriger junger Mann mit brasilianischen Wurzeln, schlank, melancholisch und aufmerksam, wurde ihr zugeteilt, und als Erstes hatte er ihr das lange, angegraute Haar gebürstet – bis anhin hatte sie es immer schwarz gefärbt – und mit ihr Portugiesisch gesprochen, was Milena sichtlich genoss.

«Vorsichtig, vorsichtig», sagte Milena zu ihm, und Antony antwortete, den Blick auf ihr Haar gerichtet: «Ihr Haar braucht ein wenig Pflege, dann sehen Sie bald wieder aus wie eine Königin.»

Sie lächelte, als Niki das erste Mal im Pflegeheim zu Besuch kam. Eine Zimmernachbarin im Salon hatte Niki berichtet, dass Milena mit dem Krankenwagen abgeholt worden war. Es war damals ein Sommertag im Juli vor drei Jahren.

«Das ist mein Sohn», sagte Milena zu Niki – und strich Antony zärtlich über den Arm. «Das ist mein

Sohn, der studieren will.» Sie sagte es ohne Ironie in ihrem Gesicht und meinte es ernst.

Antony spielte das Spiel mit. Er behandelte Milena mit großer Hingabe und kümmerte sich liebevoll um sie, obwohl er die Details ihrer Geschichte kaum kannte. Überhaupt war diese schicksalhafte Konstellation gelungen, fand Niki.

Später an diesem Nachmittag erfuhr Niki, weshalb Milena so wunderlich von ihrem Sohn erzählte. Die Stationsschwester, eine kräftige rotwangige Frau in einem schneeweißen Kittel, der eng in ihre üppige Taille schnitt, nahm sie auf dem Korridor beiseite und sagte eindringlich: «Ihre Bekannte hatte eine schwere Hirnblutung, deshalb ist ihre Wahrnehmung etwas eingeschränkt. Vielleicht haben Sie die Lähmung auf der einen Gesichtshälfte bemerkt? Wahrscheinlich aufgrund des langjährigen Alkoholkonsums im Milieu. Es tut mir sehr leid.»

Die Luft war heiß und feucht an besagtem Sommertag, trotzdem fror Niki, die Gänsehaut drängte sich damals von ihren Armen über den Rücken bis in ihren Nacken hinauf, und tieftraurig sagte sie, den Blick auf ihre Füße gerichtet: «Das kann jetzt einfach nicht wahr sein!»

Die Stationsschwester sah auf die Uhr. «Doch», sagte sie, jetzt keinerlei Mitgefühl mehr mimend und in Eile, «der Arzt hat es bestätigt.»

Niki blickte an jenem Tag besorgt über einen grauen Metallstuhl hinweg aus dem vergitterten Fenster in Milenas Zimmer. Ein alter Mann saß dort draußen und hob hin und wieder die Hand, dabei seufzte er unaufhörlich.

Drinnen im Zimmer war es Abend geworden, und Milena sprach mit sich selbst, während sie sich über die Hände fuhr. Dann kam das Abendessen, und sie nahm es still ein, genoss Bissen für Bissen: ein Ei, zwei Löffel Müsli, ein kleines Stück Brot mit ein wenig Butter. Dann legte sie die Gabel wieder zurück und lächelte.

Plötzlich flüchtete Niki aus Milenas Zimmer, ging rüber in den Blumenraum und nahm wütend eine Vase in die Hand. Sie biss die Zähne zusammen, wollte nicht heulen, schloss die Augen. Verzweifelt dachte sie: Zuerst nehmen sie ihr Geld, dann lässt die Familie sie einfach fallen. Keiner kümmert sich um sie, keiner sucht sie, keiner pflegt sie. Dieses Geld ist das größte Übel von allem! Und sie schluchzte stumm.

Später beim Abschied zeigte Milena ihr das schönste und schiefste Lächeln.

«Obrigada, meine liebe Freundin, für den Besuch. Sag meinem Sohn hier auch Auf Wiedersehen. Er schaut wunderbar nach mir!»

Der Pfleger strich über Milenas Hand, und Niki spürte jetzt deutlich, dass sie hier überflüssig war. Sie sah, dass Milena trotz ihrer Krankheiten endlich angekommen war; in einem Zimmer, das etwas größer schien als der lila Raum des Zürcher Salons, in dem sie viele Jahre verbracht hatte.

Der Weg von jenem nachmittäglichen Besuch im Pflegeheim bis hin zum heutigen Weihnachtsmorgen ist steinig und schmerzlich verlaufen, aber voller Überraschungen gewesen.

Jetzt ist die Luft im Zimmer kühl und doch angenehm erfrischend. Antony legt die Kissen aufs Bett und schließt das Fenster. «Müde sehen Sie aus», sagt er zu Niki, als sie nach der langen Nacht für einen erneuten Besuch in Milenas Zimmer tritt.

«Fünfzehn Minuten Schlaf im Bus reichen mir heute», gibt sie beschwingt zur Antwort.

Milena sieht sie neugierig an und spürt, dass sie diese

Frau mag, dass sie sie nicht missen will. Sie soll sich neben sie setzen, gebietet sie ihr mit einem Wink.

Niki setzt sich auf einen Stuhl, hält Milenas zarte Hand und beginnt eilig von der verschlossenen Tür der Schwarzen Perle zu erzählen. Die Worte sprudeln ihr nur so aus dem Mund, sie sprüht vor Freude. Alles ist anders heute, das spürt Milena, alles ist anders. Niki erzählt von der Nacht in der roten Meile, den Frauen am Fenster und von der Polin, die ihr etwas Unerhörtes zugeflüstert hat. Und Milena blickt wieder aus dem Fenster.

«Ich habe dich nicht vergessen, glaub mir», sagt Milena plötzlich bekümmert.

Niki legt den Kopf an Milenas Wange, sie streichelt ihr über das Haar.

«Ich habe dich nicht vergessen, nein, hab ich nicht.» Milena greift nach dem Tee, nippt daran, schlürft die letzten Tropfen in sich hinein.

«Ich hole dir frischen Tee!», sagt Niki und springt auf, die leere Tasse bereits in den Händen.

Milena blickt hinaus auf den Park, die Kinder draußen halten sich an den Händen und singen ein Weihnachtslied.

Was ist nur mit dieser jungen Frau geschehen? Sie ist

so glücklich, ich ertrage es fast nicht, es nimmt so viel Raum ein, denkt sie.

«Ist das Niki?», fragt Milena.

Und Antony nickt.

Niki kehrt zurück und stellt ihr den frischen Tee auf den kleinen Tisch neben ihrem Sessel.

Sie erzählt weiter, kann sich nicht zurückhalten, von den Dingen zu berichten, die sie erlebt hat. Von den vielen Frauen, die sie auf der Straße angetroffen hat, und von den Geschenken, den Plüschtieren und der Schokolade, die die Frauen ihren Kindern zu Weihnachten schenken. Vom Kuchen, den Heidi gebacken hat, und schließlich wieder von der Schwarzen Perle.

Milena sieht sie an und wundert sich, wendet sich wieder dem Licht des Parks zu. Sie sieht die Wipfel der Tannen, wie sie schwanken und den Schnee verjagen. Sie sieht, wie die Kinder mit ihren Schuhabdrücken irgendetwas schreiben. Sie sieht, wie die Sonne den Schnee zum Schmelzen bringt.

«Sie haben die Tür der Schwarzen Perle geöffnet», sagt Niki leise und sehr glücklich, und Milena fährt sich durchs Haar. Im Zimmer riecht es nach Körpercrème und frischer Bettwäsche.

Das ist Leben, einfach nur Leben, denkt Milena.

«Geht es den Frauen gut?», fragt sie.

«Ja. Es sind sieben Frauen, sie leben in diesem Haus, sie verlassen es kaum. Du weißt, wie das ist. Aber wir haben Zutritt erhalten!»

Milena lächelt.

«Es sind gesunde Frauen, Milena», sagt Niki, als wäre das *ihr* Verdienst, als wäre dieser Eintritt in den Lebensbereich dieser Prostituierten vergleichbar mit der Entdeckung eines achten Kontinents.

Sie erzählt weiter von den Gesprächen mit Virva und Claire, von Mia und der Hausmutter Mata.

Unvermittelt schließen sich Milenas Augen vor Anstrengung.

«Das ist gut, das ist sehr gut», sagt Milena nachdenklich und klopft auf Nikis Hand, weil sie sich etwas Ruhe wünscht.

«Es gibt keine Kinder im Haus, Gott sei Dank», fährt Niki gleichwohl fort. «Ich hatte schon Angst, dass da auch Kinder leben.»

«Gut», sagt Milena beinahe etwas ungeduldig. «Es ist nicht gut, wenn Kinder in einem Salon leben. Das ist nicht gut.»

«Milena», sagt Niki, «wir haben mit ihnen Tee getrunken, guten Tee, sie boten uns Brötchen an, dabei hatten wir doch alles dabei.»

Inzwischen ist eine Anspannung zu spüren, Niki kann kaum sprechen, es strengt sie an. Unter keinen Umständen will sie vor Milena weinen. Sie schluckt, und der Hals schmerzt vor Freude.

Milena sieht ihr in die Augen, forschend: Was ist denn, was?

Jetzt ist es still im Zimmer, sie warten einige Minuten, lauschen ihren Gedanken und den Geräuschen im Park, den Kinderstimmen, die jetzt zu einem hellen Klingeln werden, das sich über die Wipfel schwingt. Auf einmal empfindet Milena den Wunsch, etwas zu sagen, aber es fällt ihr nicht ein, was es ist.

«Wir werden ihnen helfen. Sie werden es schaffen, ich weiß es», sagt Niki plötzlich wie beflügelt. «Bestimmt wird es Schwierigkeiten geben, aber die haben wir bis jetzt noch immer bewältigt», spricht sie weiter.

Jetzt fällt es Milena wieder ein, was sie sagen will. Sie empfindet den drängenden Wunsch, ihr dies mitzuteilen, weil sie Nikis Freude beinahe nicht aushält.

Nicht so schnell, denkt sie, nicht so schnell, und sagt mit schiefem Mund: «Vieles ist möglich, Niki, aber Vorsicht, je höher … die Ideale …», und dann hält sie inne, es fällt ihr schwer, den Satz zu beenden, sie überlegt angestrengt.

… desto kleiner der Erfolg, denkt Niki beschämt. Sie weiß, was Milena damit meint, und nickt mit tiefer Zuneigung.

Mein Ehrgeiz geht mit mir durch, schon wieder, denkt Niki, das ist nicht gut.

Milena, die viele Jahre im Milieu gearbeitet hat, weiß, wie die Rädchen in diesem Getriebe laufen, wie lange, wie schwer. Sie hat sie drehen hören, jeden Tag, kratzen, bersten, ächzen, all die Jahre, mit allen Konsequenzen, unaufhörlich, im tiefen Glauben an die Liebe der Menschen in Brasilien, für die sie viele Jahre gesorgt hat – *ihre* Familie.

Niki schweigt eine Weile, und es überkommt sie plötzlich eine große Müdigkeit aufgrund der durchwachten Nacht. Einen Moment lang nickt sie ein, fängt sich aber gleich wieder.

Milena ist im Stuhl nach unten gerutscht, weil sie den Kopf schüttelt, immer und immer wieder. Sie möchte sprechen, doch es entfährt ihr nur ein leises Seufzen.

Niki hebt sie wieder aufrecht in den Stuhl. «Nein», sagt sie besorgt, «du schuldest niemandem etwas, Milena.» Sie fährt ihr behutsam über das Gesicht und spricht eindringlich: «Im Gegenteil. *Sie* sind bei *dir* in der Pflicht.»

Und Milena wird ruhiger, sie fühlt sich wohl und geborgen in diesen Worten. Jetzt spürt sie wieder, wie sich Niki verändert hat. Diese junge Frau, die jetzt keine einfachen Worte mehr finden will für die wichtigen Dinge im Leben: Krankheit, Angst, Verlust, Verzicht, Sehnsucht, Liebe, Glaube und Hoffnung. In letzter Zeit wirkte Niki auf sie ungewohnt fahrig und beinahe unbesonnen, und das gefiel Milena nicht wirklich. Aber heute ist alles anders: Sie mag Nikis Fragen und Zweifel, denn Milena fürchtet Menschen mit schnellen Antworten, Menschen, die jede Nachdenklichkeit und jedes Pflänzchen fruchtbarer Auseinandersetzung mit eifrigem Kahlschnitt verhindern.

«Ich danke dir, Milena, du hast mich so oft darin bestärkt, weiterzumachen», sagt Niki, und Milena sieht sie an, dieses Mal mitfühlend lächelnd.

Jetzt beginnt Milena leise ein Lied zu summen, weil sie nicht mehr zuhören möchte. Sie ist bereits wieder müde geworden, und das Lied ist sehnsüchtig und friedfertig, und Niki weiß nicht, wohin mit ihren Händen, mit den vielen verworrenen Gefühlen, mit all den Dingen, die sie heute Nacht fassungslos und staunend erlebt hat. Deshalb legt sie die Hände auf ihre Knie und streicht mehrmals den Stoff ihrer Hose zurecht.

Bald wird Antony das Frühstück servieren. Milena wird einen Schokoladenjoghurt mit frischen Birnen essen, den sie so gerne mag, und nach mehr Zucker in den Tee verlangen, während Niki draußen im Flur Markus' Anruf beantworten wird, denn er hat sie die ganze Nacht zu erreichen versucht.

Und wenn es später dann erneut still wird in Milenas Zimmer, dann werden die beiden nur noch schweigen, auf den köstlichen Duft aus der Küche warten, der bereits um zehn Uhr durch den Flur hinauf in die obersten Stockwerke zieht, und sie werden den Stimmen im Park lauschen.

Zum Abschied wird Niki Milena über die Hand fahren, über die farblosen Nägel und die schmalen, kühlen, schönen Finger. Und das Haar, das wunderbar gekämmte graue Haar, sie wird es bewundern. Und Milena wird sagen: *«Meu amor, grande amor.»*

Anmerkungen

[1] *Speak out!*-Workshops werden von der Schweizerischen Arbeitsgemeinschaft der Jugendverbände (SAJV) organisiert. Minderjährigen Asylsuchenden wird hierbei die Möglichkeit geboten, an sogenannten «Advocacy-Aktivitäten» teilzunehmen und dadurch ihre Sozialkompetenzen weiterzuentwickeln. Die Teilnehmenden nehmen an Workshops von jungen Politiker(inne)n, von Vertreter(inne)n der Bundesbehörden, der Polizei usw. teil, um mit ihnen über ihre Probleme zu diskutieren. (Vgl. http://www.sajv.ch/projekte/speak-out/)

[2] Der «Gassentierarzt» ist ein Projekt der Sozialwerke Pfarrer Sieber (SWS) in Zürich. Mit einer ambulanten tiermedizinischen Sprechstunde wird die fachliche Versorgung der Tiere von Menschen am Rande der Gesellschaft gewährleistet und gleichzeitig der Kontakt zu diesen Menschen geknüpft und aufgebaut. (Vgl. http://www.swsieber.ch/bereiche/gassentierarzt/gassentierarzt-stellt-sich-vor)

[3] Dieses Angebot der Sozialwerke Pfarrer Sieber (SWS) richtet sich an Menschen ab 18 Jahren, die obdachlos sind und keine

Wohnmöglichkeit in Aussicht haben. Sie bekommen eine einfache Mahlzeit und eine Schlafmöglichkeit und erleben Gemeinschaft. Der 17 Meter lange Sattelschlepper hat 15 Schlafplätze, und im beheizbaren Vorzelt finden zusätzlich bis zu 25 Personen Platz. Zusammen wird gekocht und Tischgemeinschaft gepflegt. (Vgl. http://www.swsieber.ch/bereiche/pfuusbus/pfuusbus-stellt-sich-vor)

[4] Das Banat ist eine historische Region in Südosteuropa, die heute in den Staaten Rumänien, Serbien und Ungarn liegt. Der Begriff Banat leitet sich vom Herrschaftsbereich eines Ban (serb./kroat./ung. für Graf/Markgraf) ab.

[5] Nicolae Ceauşescu war ein rumänischer Politiker. Als Generalsekretär der Rumänischen Kommunistischen Partei, Staatspräsident und Vorsitzender des Staatsrates war er von 1965 bis 1989 der neostalinistische Diktator der Sozialistischen Republik Rumänien.

[6] Alberto Giacometti (1901–1966) war ein Schweizer Bildhauer, Maler und Grafiker der Moderne.

[7] Franz Kafka: Die Verwandlung, gemeinfrei unter: http://gutenberg.spiegel.de/buch/die-verwandlung-9760/1

Von derselben Autorin weiterhin erhältlich

Iris Muhl
Die Nacht der Versprengten
Die wahre Geschichte einer Christnacht im Krieg
176 Seiten, Hardcover mit Schutzumschlag, 13,5 × 21 cm
13.99 € [D] / 14.40 € [A] / 20.80 CHF*
* unverbindliche Preisempfehlung
Bestell-Nr. 204059
ISBN 978-3-03848-059-4

Heiligabend 1944. Es klopft an einer Berghütte. Draußen stehen drei halberfrorene amerikanische Soldaten. Kurze Zeit später klopft es erneut. Diesmal sind es vier deutsche Soldaten, durchfroren und bis an die Zähne bewaffnet. Was nun passiert, ist dramatisch und bewegend zugleich.

fontis